キャロル・モーティマー・コレクション

# 伯爵家の呪い

ハーレクイン・マスターピース

東京・ロンドン・トロント・パリ・ニューヨーク・アムステルダム
ハンブルク・ストックホルム・ミラノ・シドニー・マドリッド・ワルシャワ
ブダペスト・リオデジャネイロ・ルクセンブルク・フリブール・ムンバイ

*AT THE SICILIAN COUNT'S COMMAND*

*by Carole Mortimer*



*Published by Harlequin Japan,*
*a Division of K.K. HarperCollins Japan, 2025*

**キャロル・モーティマー**

ハーレクイン・シリーズでもっとも愛され、人気のある作家の一人。14 歳の頃からロマンス小説に傾倒し、アン・メイザーに感銘を受けて作家になることを決意。コンピューター関連の仕事の合間に小説を書くようになり、1978 年に見事デビューを果たす。以来、数多くの作品を生み続け、2015 年にはアメリカロマンス作家協会から、その功績を称える功労賞を授与された。エリザベス女王からも目覚ましい活躍を認められている。

## 主要登場人物

アンゼリカ・ハーパー……………議員補佐官のアシスタント。
キャスリーン・ハーパー…………アンゼリカの母親。
ニール・ハーパー…………………アンゼリカの継父。
スティーブン・フォックスウッド……アンゼリカの実父。実業家。
カルロ・ガンブレリ………………スティーブンのビジネスパートナー。
　　　　　　　　　　　　　　　伯爵。愛称ウルフ。
チェーザレ・ガンブレリ…………ウルフのいとこ。
ロビン・ガンブレリ………………チェーザレの妻。
ルーク・ガンブレリ………………ウルフの弟。

# 1

「実はね、ウルフ、この週末君をここに招いたのは、ちょっとした思惑があったからなんだ……おっ、エンジェルが来たようだな」ウルフことカルロ・ガンブレリ伯爵の友人で、今夜の招待主でもあるスティーブン・フォックスウッドが楽しそうにささやいた。マナーハウスの内部でドアが閉まる音が聞こえる。暖かな夏の宵、二人は戸外のテラスに座って夕食前のワインを楽しんでいた。「行こう。私の――いや、アンゼリカ・ハーパーを紹介するよ」スティーブンは立ちあがり、フレンチドアを抜けて居間に入っていった。

ウルフもあとに続いた。スティーブンとは長年の友人であり、土曜の今夜彼のロンドン郊外の地所に泊まるのは、今週締結した共同事業契約について話し合うためだと思っていた。ほかにも話すことがあるなんて、今の今までスティーブンはおくびにも出さなかったし、エンジェルとかいう最新の愛人がここにいることもほのめかしさえしなかった。

スティーブンには三十年以上も連れ添ったグレイスという妻がいたが、彼女は一年前に他界した。二人の結婚生活はとりたてて幸せではなかったが、かといって不幸せでもなかった。妻を持ってもスティーブンの女遊びはいっこうにおさまらず、ただほかの女性との関係をおおっぴらにしなくなっただけだった。

しかしグレイスがいない今、もう愛人を隠す必要はないとスティーブンは考えているらしい。

とはいえ、彼の最新の愛人がここに現れるのは、ウルフにとって予想外だった。彼は暗褐色の鋭い目を細め、入ってきた女性の頬にスティーブンがやさしくキスをするのを見つめた。役員室でも寝室でも自分の心を隠す訓練を長年積んできたおかげでなんとか無表情で通せたが、本当は彼女を見た瞬間全身に衝撃が走った。いつもは斜に構えているスティーブンも、あの女性にはすっかりのぼせあがっているようだ。

アンゼリカ・ハーパーはせいぜい二十代なかばで、スティーブンより少なくとも三十歳は若い。そのうえウルフが今までに見た中で、もっとも美しい女性でもあった。三十六年の人生のうち、少なくともその半分を〝ヨーロッパでもっとも結婚したい男性〟として浮き名を流してきたウルフはたくさんの美女を見てきたし、親密な関係も結んできた。

しかし、このアンゼリカ・ハーパーは――彼女は身長が百七十センチ強、黒い髪を腰まで伸ばしている。品のいい顔はハート形で、長く濃いまつげがミスティグレーの瞳を縁取っていた。すらりとしているので、体にぴったりしたオフショルダーの黒いドレスがいっそう引きたっている。彼女が発するにおいたつような魅力に、ウルフはぞくぞくした。

「こっちへ来てエンジェルに挨拶《あいさつ》してくれ、ウルフ」スティーブンは我がもの顔で彼女の細い肩に腕を置き、部屋の中へと連れてきた。

「アンゼリカです」優美な手を差し出しながら、彼女はそっけなく言った。「私をエンジェルと呼ぶのはスティーブンだけなの」

ウルフは反射的にその手を取った。それだけで指先がうずくのを感じた。「やあ、アンゼリカ」

スティーブンの地所はロンドンから約五十キロの美しい郊外にある。ウルフがここへやってきたのは、契約締結で張りつめていた神経をリラックスさせるためもあった。彼とスティーブンはフロリダキーズにある土地を共同で購入し、大邸宅が立ち並ぶゴルフコースつきの富裕層向けリゾート地に開発しようとしていた。二人はすでに数々の事業を成功させ、ヨーロッパ随一の富豪となっている。今回の計画もたぶんうまくいくだろう。

しかしそれにしても、ここでスティーブンの若く美しい愛人に会うとは。

そのとき、ウルフはふと思い出した。そういえばスティーブンは、〝この週末君を招いたのは、ちょっとした思惑があるんだ〟とさりげなく言っていたが……。

「こちらはウルフ――ガンブレリ伯爵だよ、エンジェル」青い目に温かな表情を浮かべ、スティーブンが明るく言った。五十八歳という年齢にかかわらず、彼の男ぶりのよさは衰えていない。髪は黒く、白髪があるのはこめかみのあたりだけ。黒い夜会服に包まれた体はいまだにスリムでしなやかだった。

「ガンブレリ伯爵ね」アンゼリカはうなずきながら、わずかに目を見開いた。すでに紹介はすんだのに、伯爵はいつまでも手を離そうとしない。

カルロ・ガンブレリ伯爵――ウルフ・ガンブレリの話はもちろん聞いたことがあった。このイタリアのプレイボーイのビジネスと私生活の両面を、マスコミは好んで記事にする。女性に関しては百戦錬磨で、ずっと以前に〝狼《ウルフ》〟というニックネームがついたのもそのためだった。

実際に本人を見ると、〝希代の女たらし〟という世評もすんなり受け入れられた。なぜならウルフ・ガンブレリは、アンゼリカが今までに見た中でもっとも魅力的な男性だったからだ。

肩まで伸びた髪はつややかな濃い金色。シチリア人の髪はもっと黒っぽいと思っていたのに意外だった。しかし肌は美しいマホガニー色で、瞳は深みのある茶色、高い頬骨の間には形のいい鼻がすっと通り、その下にはふっくらとした魅惑的な唇があった。

角ばった顎は意志の強さを感じさせる。すらりとした長身に純白のシャツと黒いタキシードをまとっているが、外見がいかに優雅であってもその下にたくましい体が隠れているのはすぐにわかった。肩幅は広く、腰は引きしまり、脚はとても長い。

そう、ウルフ・ガンブレリは途方もない魅力を持っていた。しかし出会ってわずか数分で、アンゼリカはすでに気づいていた。彼は自分の力を十二分に認識している人間であり、どこか非情な雰囲気を漂わせている。欲しいものを手に入れるためなら容姿であれ富であれ、使えるものはためらわずに使うに違いない。

「ウルフと呼んでください」彼は穏やかに言った。

アンゼリカはわざとらしく手を離し、興味なさげに冷たい笑みを浮かべた。

そのそっけなさがウルフの欲望に火をつけた。誘惑的な彼女の体から黒いドレスをはぎ取り、絨毯《じゅうたん》の上に押し倒したい。そして愛撫《あいぶ》し、キスをして、僕の腕の中でみだらにもだえさせてみたい。

だが同時に、スティーブンが彼女の細い肩に腕をまわしていることの意味もわかっていた。その仕草は警告だった。アンゼリカ・ハーパーはスティーブンの所有物だという……。

ウルフは目を細くしてアンゼリカを観察した。こんなに若くて美しい女性が、どうしてスティーブンのような年上の男性と関係を持ったのだろう？　金のためか？　スティーブンが妻を亡くした今、後釜《あとがま》を狙《ねら》っているのだろうか？　見たところ、スティーブンはすっかり彼女にうつつを抜かしており、すぐにも望みどおりのものを与えてしまいそうに思えた。

「飲み物はどうだい、エンジェル？」

「いいわね、ありがとう」アンゼリカはハスキーな声で言った。スティーブンが部屋の奥に冷えた白ワインを取りに行く。すると彼女は向きを変え、礼儀正しく尋ねた。「今回のイギリス滞在は長いのかしら、短いのかしら、ウルフ？」

「まだ決めていません」知らないうちにウルフはそう答えていたが、心にあったのはアンゼリカのふっくらしたパールピーチの唇のことだった。

まさにキスをするために作られたような唇だ……。

「ほら、取ってきたよ」スティーブンが戻ってきてワインのグラスをアンゼリカに渡し、またしても肩に軽く手をまわした。「今夜の君は格別にきれいだよ、エンジェル。そう思わないか、ウルフ？」

アンゼリカのクリーム色の頬がほのかに赤く染まるのを見て、ウルフは口元を引きしめた。この女性はたしかに美しい。しかしほかの男性のものだということがはっきりしている以上、いくら手に入れたいという衝動に駆られてもどうしようもなかった。

「とてもきれいだよ」心の中の動揺を押し隠して、ウルフはあいまいに言った。

僕はいったいどうしてしまったんだろう？

美女ならこれまでにごまんと見てきたし、関係を持った経験も豊富にある。ブロンド、ブルネット、赤毛。アンゼリカ・ハーパーのように漆黒の髪の女性もいた。だったら、どうしてこの女性に限ってこんな気持ちになるのか？　スティーブンの腕をはねのけて彼女を肩にかつぎあげ、略奪の限りをつくしたバイキングのようにさらっていきたい。

そのあとでどんなことをしたいかを想像すると、それだけで体が熱く脈打った。

アンゼリカは伏せたまつげの下から、いぶかしげにスティーブンを見つめた。彼のことはよく知っているので、軽い口調にだまされたりはしない。今週末ウルフ・ガンブレリがここにいるのには、なにか目的があるはずだ。週末はできるだけスティーブンと一緒に過ごすようになってから何カ月にもなるおかげで、彼が目的もなくなにかをしたり言ったりしないことをアンゼリカはよく承知していた。

ただし今回のウルフ・ガンブレリの訪問に関しては、スティーブンがどんな思惑を持っているのかまだ全然わからなかった。

それでも、ウルフ・ガンブレリの視線には少なからず心を乱される。あの燃えるようなまなざしを最初に向けられたときはドレスをはぎ取られ、裸体を見られている気分になり、全身が熱くほてった。

ばかばかしい！

ウルフ・ガンブレリは評判のプレイボーイで、どこかの高級雑誌に彼の最新の恋愛についての写真が載らない月はないと言われている。ベッドのシルクのシーツを交換するのと同じくらいの頻度で、ベッドの上の女性も交換するらしい。

つまり、彼はアンゼリカが絶対に惹《ひ》かれるつもりのないタイプだということだった。

「そろそろお食事の時間みたいよ」スティーブンの執事のホームズがドアのあたりをうろうろしているのを見て、アンゼリカは少しほっとした。

彼女はごく普通の家庭に生まれ、実家で両親と二人の妹とともに暮らし、大学時代は三人の女性とフラットをシェアしていた。そのため、スティーブンの華やかな生活には今でも少し圧倒される。ときどきは自分で食事を作ってキッチンテーブルで食べたい気分になるが、とんでもないとスティーブンからとめられた。ロンドンであれ郊外の地所であれ、キッチンと使用人の居住範囲には決して立ち入ってはならないらしい。

「エンジェルをエスコートしたいんだろう、ウルフ？」スティーブンはそう言って、彼女の肩から腕をはずした。「私も同じだが、ずっと独り占めしているわけにもいかないからな」

「ごもっとも」シチリアの伯爵はアンゼリカの隣に来て、愛想よく腕を差し出した。

アンゼリカはまた問いかけるようにスティーブンを見てから、ウルフの腕に軽く手をかけた。彼が動くにつれ、指の下に硬い筋肉を感じる。

寝室と会議室をめまぐるしく行き来する合間に、これほど完璧《かんぺき》に筋肉を鍛えているなんて。いつトレーニングの時間を見つけているのかしら。

ダイニングルームに着くと、アンゼリカはできるだけ早く手を引っこめた。しかしほっとしたのもつかの間、ウルフが彼女のために椅子を引く。その椅子を押すために身をかがめたとき、つややかな金髪がアンゼリカのむき出しの肩をかすめた。ほのかなコロンの香りが彼女を包みこみ、熱い吐息が危険なほど耳たぶの近くで感じられた。

アンゼリカはさっとウルフから離れ、いらだたしげに眉をひそめた。彼がこんなに近づく理由なんてあるわけないのに！

「私たちもそろそろお客を迎える時期だと思うんだ、エンジェル」アンゼリカを真ん中にはさんで全員が円テーブルにつくと、スティーブンが口を開いた。

アンゼリカはかすかに顔をしかめた。スティーブンと週末を過ごすようになってから半年になるが、その時間のほとんどは互いをよく知るために費やされ、客をもてなしたことは一度もない。ディナーの客として招かれたのは、ウルフ・ガンブレリが最初だった。もちろん、週末の客としても……。

「がつがつと君を独り占めしていないで、どんどん自慢するようにしなくては」スティーブンは軽い口調でつけ加えた。「そうは思わないか、ウルフ？」

アンゼリカはうわ目づかいにウルフを見つめた。彼はなかなか答えない。その顔は彼女自身と同じく無表情で、感情を読み取りにくかった。

「さあ、どうだろう。もし彼女が僕のものだったら、誰かと共有したいと思うかな」ウルフは硬い表情でようやく答えた。しかし、胸の内ではわかっていた。

アンゼリカ・ハーパーが本当に自分のものだったら、きっと独り占めしたくなるに決まっている。

たぶんだからこそ、こんなわけのわからない気持ちになるのかもしれない。アンゼリカ・ハーパーが僕のものではなくスティーブンのものだから、よりいっそうすてきに見えるのではないか？

いや、そんなはずはない。ほかの男性の妻や恋人には手を出さない、というのがウルフの信条だった。新聞や雑誌には〝世界を股にかけたプレイボーイ〟のように書かれがちかもしれないが、彼は彼なりの道徳規範に従って生きていた。

しかしあいにくアンゼリカ・ハーパーを見つめるだけで、道徳規範も分別も窓から投げ捨てたくなってしまう。あの神秘的なミスティグレーの瞳をのぞきこみ、あらわな肩ややわらかなドレスの生地を押しあげる胸に視線を走らせるだけで。

スティーブンが笑い声をあげた。「正直だな」

正直かどうかは関係ない。ウルフは自分をよく知っており、美しいアンゼリカ・ハーパーに心の底から興味を抱いていた。

そうはいっても彼がアンゼリカについて知っているのは、今までに会った中でもっとも美しく、性的にそそられる女性だということ、そして彼女がスティーブンのものだということだけだった。

「伯爵をからかうのはやめて、スティーブン」アンゼリカのミスティグレーの瞳がきらりと光った。スティーブンはそらとぼけた顔で眉を上げる。「スモークサーモンがお好きだといいんだけど、いかがかしら、伯爵？」アンゼリカは礼儀正しく言った。

けれどウルフの熱っぽいまなざしには礼儀正しさのかけらもなく、わずかに開いた彼女の口元を飢えたように見つめている。アンゼリカは息をのんだ。思わず舌で唇を湿らせると、彼の視線がその動きを追いかけ、やがて二人の目が合った。

「ウルフ、ワインをもっとどうだ？」スティーブンがさりげなく二人の間の緊張を破った。アンゼリカが目を上げるとホームズが辛抱強く客人のそばに立ち、一品目の料理に合わせた白ワインをグラスにつごうとしていた。

　アンゼリカは息を吸いこみ、ウルフはゆっくりと彼女から視線をはずした。それから執事にうなずいてみせた。まるで砂漠で水を求める人間のように、僕はアンゼリカの官能的な美しさに魅せられている。自己嫌悪を感じつつも、ウルフはそう認めた。

　しかし今しがたのスティーブンの言葉を聞けば、ウルフの推測が正しいのは火を見るより明らかだった。スティーブンはアンゼリカ・ハーパーにすっかりのぼせている。ウルフがどれほど彼女を求めたとしても、どうにもなりそうになかった。

　ウルフはスモークサーモンを食べはじめたが、おいしいとは感じなかった。どうやら食欲がうせてしまったらしい。ただし、それは食べ物に関してだけの話だった。まったく、女性を見ただけで興奮するなんて、なにも知らない少年のころ以来ではないだろうか。

「アンゼリカというのは……変わった名前だな」ウルフは軽い調子で言った。

「私の母は花やハーブが大好きなの。双子の妹はサフランとローズマリーというのよ。もし私たちが男だったら、いったいどんな名前になったかしら。バジルとかベネットとかコンフリーとか、たぶんそんなところね」アンゼリカは笑った。

　ハスキーな笑い声はとてもセクシーで、ウルフは全身を愛撫されているような気分になった。

「君の母上は先見の明のある女性だよ。エンジェルというあだ名も、天使のハーブ《アンゼリカ》の君にぴったりの名前だ」スティーブンは熱心に言い、手をアンゼリカの手に重ねた。

「それはあなたの偏った見方だと思うわ」アンゼリカが愛情のこもった口調で答える。

こんな調子がずっと続いたら僕は今夜を最後まで乗り切れるだろうか、とウルフは本気でいぶかった。スティーブンがこれ以上彼のうるわしの〝エンジェル〟にうつつを抜かせば、自分は羨望《せんぼう》のあまりよだれをたらしてしまうだろう。

ウルフの視線を感じ取ったかのように、アンゼリカは彼を会話に引き入れようと、すでに知っている事柄を礼儀正しくきいた。「ご出身はイタリアのどちらなの、伯爵?」

しかし、ウルフは気づいていた。自分がこの女性に求めているのは礼儀正しさではない。実際彼が彼女に抱く衝動は、どこまでも原始的なものだった。

けれども、それ以降食卓の話題はもっと一般的なものになり、三人はこれまで訪ねたさまざまな場所の長所や欠点について語り合った。

そしてウルフは、この謎《なぞ》めいたアンゼリカ・ハーパーのことを少しずつ学んでいった。

彼女がスティーブンと出会ったのは一年前。それ以前の生活はざっとこんな感じらしい。ケント州の絆《きずな》の強い家庭で育ち、大学では政治学の学位を取得、卒業後はロンドンで議員補佐官のアシスタントになった。その仕事はずいぶんおもしろかったようで、話をするときの声には熱がこもっていた。

しかし、だとするとなんだかしっくりこない。彼女は富も名声も約束されたスティーブンの後妻になりたがっているのかと思ったのに……。

「じゃあ、今は寂しいだろうね?」ウルフは椅子にもたれながら、興味津々できいた。食事は終わり、三人はコーヒーを飲んでいた。

アンゼリカは眉をひそめた。「どうしてかしら?」

食事中、ウルフ・ガンブレリが一度ならずじろじろ自分を見ていたことには気づいていたが、アンゼリカは無視した。実のところ、彼のように魅力的な男性を無視するなんてできなかったけれど。

　ウルフが広い肩をすくめる。「ロンドンを離れて仕事をやめたんじゃ――」

「私、ロンドンを離れていないわ。仕事だってやめていないし。どうして私が……」アンゼリカはいぶかしげにウルフを見つめた。

「私はいつもエンジェルにそばにいてほしいが、彼女は自立した女性のままでいたいんだよ」スティーブンがウルフに言い、誇らしげな笑顔をアンゼリカに向けた。「私が面倒を見るといくら言っても、自分の家と仕事を絶対に手放そうとしないんだ」

「あら、当然でしょう。私は自分のアパートメントが大好きだし、仕事も大好きよ。それになにもしないで一日家にいたら、きっと心底うんざりするわ」

「ほらな、ウルフ」スティーブンはやわらかく笑った。「エンジェルはめったにいない女性なんだよ。美人なだけじゃなく、本当に自立しているんだ」

　たしかにめったにいない女性だ、とウルフは渋い顔で認めた。アンゼリカ・ハーパーはスティーブンと同棲《どうせい》し、ベッドをともにするのと引き換えに彼の金で暮らしていると思っていたのに、とんでもない見当違いだったらしい。もっともそんなことがわかっても、彼女を取り巻く謎めいた雰囲気がますます深くなっただけではあるが……。

　一方のアンゼリカはウルフが考えていたことを知り、ひどく不快になった。彼女はかつて妹たちと一緒に暮らしていたし、大学時代も一人暮らしをしていたわけではなかった。だからようやく自分だけの空間を持てて、心から喜んでいた。仕事だってとても楽しく、やめるなんて夢にも思わない。

　たとえ週末をスティーブンと過ごしていても、いつも彼と一緒にいるとは限らないのに。

「今夜の君は気配りのいい魅力的な女主人だったよ、

ダーリン。ありがとう」スティーブンの温かな笑顔のおかげで、先ほどのウルフの言葉で害されたアンゼリカの気分はいくらかよくなった。

「どういたしまして」アンゼリカはほほえみ返し、これで今夜は終わりだと思ってほっとした。「私はもう休もうと思うんだけど、かまわないかしら？」

「もちろん、いいとも。私も早く寝たかったんだ」アンゼリカは顔を曇らせた。

「大丈夫だよ、エンジェル。ちょっと疲れただけだ」スティーブンはあっさり言った。「私たちは早く休ませてもらうがかまわないかな、ウルフ？」

ウルフは両肘をテーブルにつき、手を硬く組み合わせて二人の会話を聞いていた。スティーブンとアンゼリカは早く二人きりになりたがっているようだ。それに腹をたてるのはまったくばかげていることは、自分でもよくわかっていた。

「私は自分で思っていたほど若くないようでね」スティーブンが顔をしかめた。

「みんな同じさ」ウルフはこわばった表情で言った。あの美しいアンゼリカと同じベッドにいたら、誰だって安らかに休めるわけがないではないか。

「おやすみなさい、ウルフ。ゆっくり休んでね」

ウルフは疑わしげに目を細くし、アンゼリカの美しい顔にあざけりの色が浮かんでいないかどうかさぐった。彼女がすべすべした脚をほかの男の体にからめてのぼりつめるところを想像したら、きっと一晩じゅう眠れないに違いない。そのことを知っていると示すなにかが、彼女の顔に表れていないだろうか？

アンゼリカはウルフをじっと見つめ返したが、そのミスティグレーの瞳から心中をうかがい知ることはできなかった。しかし、官能的な唇に浮かんだ礼儀正しいほほえみにあざけりの色は見えなかった。

だからといって、その気持ちがないとは限らない。

アンゼリカは優秀な女優かもしれないのだから。

「ああ、よく眠れるだろう」ウルフはそっけなく答え、それから思わずこう口走った。「今日は……会えてうれしかったよ、アンゼリカ」

アンゼリカはさらに数秒ウルフを見つめつづけたが、やがてわずかに首をかしげた。「ありがとう。じゃあ、行きましょうか、スティーブン？」

「すぐに行くよ」

アンゼリカが出ていくとき、ウルフはなおも彼女を熱心に見つめていた。シルクのような長い黒髪は背中全体に流れ落ち、腰が優雅に揺れるたびにヒップのやわらかな曲線が強調される。つややかな脚は格好よくすらりと伸びていて……。

「エンジェルと会ってどのくらいうれしかったんだ、ウルフ？」スティーブンがささやいた。

アンゼリカが静かにドアを閉めると、ウルフはさっとスティーブンに目を戻した。鋭い好奇の視線がこちらに向けられている。ウルフはとっさに表情を取りつくろった。

「さっきあなたが言ったとおり、アンゼリカはとても美しい。いったいどこで見つけたんだ？」

「私が見つけたんじゃない。彼女が私を見つけたんだ」スティーブンは肩をすくめた。「まったくついていたよ。そうだろう？」

「たしかにね」ウルフはあいまいに答えた。

「もう階上《うえ》に行かなくては。エンジェルが心配するからな。だが明日話そう、ウルフ」

ウルフは眉を上げた。「僕をここに招いた思惑についてだな？」もはや今はビジネスの話をする気分ではない。スティーブンも同じなのは明らかだった。

いつものウルフはビジネスを最優先し、私生活は二の次なのだが、今夜ばかりはアンゼリカ・ハーパーのことで頭がいっぱいになっていた。彼女がスティーブンのベッドにいる場面が、どうしても頭に浮かんでくるのだ。

彼女は裸で眠るのか？ それともサテンのようななまめかしい薄物を身につけ、年上の恋人を誘うのか？ あのつややかな黒髪だけがつんと上を向いた胸をおおい、ほっそりした腰も美しい曲線を描く太腿もあらわになっているところを想像すると、それだけでもうほかにはなにも考えられなくなった。

「そうだ」スティーブンはため息まじりに答えた。「こんなふうに引き延ばしてすまない。だが……」

そう言ってかぶりを振る。「明日、話そう」

少ししてウルフは自室に戻ったが、あまりに気持ちがざわついて服を脱ぐ気にもなれなかった。ましてやベッドに入るなど思いもよらず、階下の図書館に行ってブランデーを一杯飲むことに決めた。少し酔ってもいい。アンゼリカがスティーブンのベッドにいるところを考えずにすむなら、なんだってかまわない。

だがおそらく無理だろう、と苦々しく思いながらそっと寝室を出ると、廊下の先の寝室からアンゼリカが出てくるのが見えた。寝室はスティーブンのだろうか？ もしそうなら、彼女は恋人とそう長く一緒にいなかったことになる。スティーブンとウルフが階上に行ったのは、ほんの十分ほど前なのだから。

その疑問にはすぐに答えが出た。すばらしい体に淡いグレーのシルクをまとったアンゼリカは、今出てきた寝室の向かいにある寝室のドアの前で足をとめ、そっとノックした。スティーブンがほぼ瞬時にドアを開け、彼女はするりと中に入った。

ウルフは壁にもたれかかり、震えるため息をもらした。今スティーブンの寝室で起こっていること――アンゼリカがほかの男の腕に抱かれていることを考えると、苦しくてたまらない。

ブランデーを飲もうが飲むまいが、今夜は決して眠れないだろう。

# 2

「人魚なんてとっくの昔に信じなくなったと思っていたのに！」

　そのあざけるような声の響きに、アンゼリカはびくりとした。聞き覚えのある声だ。立ち泳ぎをしながら体の向きを変えると、ウルフの姿が見えた。彼はプールの端に立ち、暗い目でアンゼリカを見おろしている。早朝の六時半に屋内プールで泳ぐのは、アンゼリカがここでスティーブンと過ごすようになってからどうしてもせずにはいられなかった贅沢《ぜいたく》だった。今では週末の日課の一つになっていた。

　しかし今日までは、泳ぐときはずっと一人だった。この時間帯だとスティーブンはたいてい書斎にいて、夜のうちに届いたEメールやファックスの処理に追われているからだ。

　今のアンゼリカは赤いビキニしか身につけていなかった。髪は濡《ぬ》れてぺったりと頭に張りついているし、化粧もしていない。そのせいで、不利な立場にいるという気分がますます強くなった。ウルフは黒い半袖《そで》シャツに黒いズボンという服装だったが、その下には広くて力強い肩、ほっそりと引きしまった腰、すらりと長い脚があることがはっきりとうかがえた。

「ガンブレリ伯爵」アンゼリカは丁重に言った。

「エンジェル」ウルフが答える。

　スティーブンがつけてくれた愛称を彼が気安く使うのを聞き、アンゼリカはかすかに頬を染めた。

「スティーブンをさがしているなら――」

「いや、違う」ウルフはそっけなく言った。

だったら、ここでなにをしているのかしら？　きちんと服を着ているところを見ると、泳ぎに来たわけでもなさそうだし……。「もしおなかがすいているなら、ダイニングで朝食を——」

「飢えているわけでもないよ、エンジェル」ウルフはプールサイドにかがみこみ、彼女の方に手を伸ばした。「少なくとも食べ物にはね」

差し出された手を見て、アンゼリカは眉をひそめた。このまま水から出てビキニ姿をさらしていいものかどうか、よくわからない。ただしウルフの手に自分の手をゆだねたくないことだけは、はっきりわかっていた。

そんなふうに思うのは、もちろんとてもばかげたことだ。彼のような男性には決して惹《ひ》かれないつもりでいるのを思い出しさえすれば、性的に意識している自分など完全に消し去れるはずなのだから。

アンゼリカはウルフの手を取った。彼は楽々とアンゼリカを引きあげ、自分の隣に立たせた。

これではあまりに近すぎる。ウルフの暗褐色の目がさらに陰りをおび、アンゼリカははっと息をのんだ。彼の視線は全身をゆっくりとたどり、なめらかなクリームを思わせる胸や平らなおなか、ゆるやかに隆起した腰に長々ととどまった。

アンゼリカはごくりと唾《つば》をのんだ。この人は浮気者のプレイボーイで、私が求める人じゃない。けれど、いくら自分にそう言い聞かせても無駄だった。彼の体の熱や広くて力強い肩をどうしても意識してしまうし、愛撫《あいぶ》するような視線にさらされて自分の体が熱くなったことにも気づいていた。

「私、ちょっと失礼してもいいかしら。泳いだあとは熱いジャクージにつかることにしているの」アンゼリカはラウンジチェアからタオルを取って顔をふいたあと、体に巻きつけた。

「どうぞ」ウルフはゆっくりと言った。朝食前の散歩の帰り道にプールに一人でいるアンゼリカを見たとき、どうしてもここに来ずにはいられなかった。暖かいプールハウスには女神をかたどった彫像があったが、どれもアンゼリカの美しさとは比べものにならなかった。ウルフはそこに立ち、泳いでいる彼女をじっと見つめた。ウルフ。彼女の肌は雪花石膏《アラバスター》のように白く、化粧っ気のない顔はそのままでも美しい。とくにめだっているのは濃いまつげに縁取られたミスティグレーの瞳だった。

そして今、彼はアンゼリカの数歩後ろを歩いている。彼女はまたしても眉をひそめてウルフを見たあと、プールサイドを歩いて、誘うように湯気を上げる大きな円形ジャクージに向かっていった。

ウルフはきゅっと口を結んだ。アンゼリカとスティーブンが裸であの湯につかり、そのあとで愛し合うところを想像するのはたやすかったからだ。それどころかアンゼリカを初めて見て以来、ウルフの想像力は必要以上に働いていた。昨夜ずっと眠れなかったのがいい証拠だ、と彼は自嘲《じちょう》的に思った。

一晩くらい眠れなくても別に問題ではない。問題なのは、アンゼリカが今朝も昨夜と同じように心を乱す存在だという事実だった。昨夜彼女がスティーブンの寝室に入るのを見た以上、二人が親密な関係なのはもはや疑いようがないというのに！

「うーん」満足そうにつぶやきながらアンゼリカは泡立つ湯に身を沈め、頭をバスタブにもたせかけてウルフを見あげた。「あなたも泳いで、ここにつかるべきだわ、ウルフ。すごく気持ちいいんだから」

「僕は君を見ているほうがいいよ」ウルフはまた身をかがめて、バスタブの脇《わき》にかかったアンゼリカの髪をつまんだ。

ウルフが危険なほど近づいたことを意識してアンゼリカの呼吸は急に苦しくなり、自分の髪に触れる長く細い指から目を離せなくなった。

「彼を愛しているのか？」

アンゼリカはぎょっとしてウルフを見あげた。

「なんですって？」

ウルフはアンゼリカの髪をくるくると指にからませ、彼女の頭を上げさせた。二人の顔はすぐそばまで近づき、アンゼリカはウルフの鋭い暗褐色の目の中に金色の斑点《はんてん》があるのさえ見ることができた。

「スティーブンを愛しているかときいたんだよ。簡単な質問だろう？　答えはイエスかノーでいい」

それならノーよ……ううん、違う。スティーブンとの関係はもっとずっと複雑なものだ。二人はまだ互いをよく知ろうとしている最中だし、スティーブンのことは好きかもしれないが、彼の過去三十年の生活を理解できるかどうかはよくわからなかった。

返事が返ってこないのでウルフは顎をこわばらせ、目も氷のように冷たくなった。アンゼリカの髪をつかんだ手にも力がこもる。そのせいで彼女は喉を弓なりにそらせ、胸を前に突き出す形になった。

この胸をあらわにしてみたい、と彼はふいに強く思った。彼女の胸の先は黒っぽいのか、茶色なのか、ピンク色なのかを知りたい。そしてそこに触れ、味わって、歓喜のうめき声をあげさせてみたい。

「ガンブレリ伯爵、痛いわ！」アンゼリカの抗議の声に、ウルフのエロチックな幻想は破られた。

彼は自嘲的に鼻を鳴らしてやわらかな髪を指からほどくと、体を起こして両手をポケットに入れた。

「スティーブンは君に夢中のようだが――」

「あなたには関係ないことじゃないかしら」

「僕は……驚いたんだ。君のように若く美しい女性が、金のために男に自分を与えるなんて」

ひりひりする頭皮をさすっていたアンゼリカは、ふと手をとめた。「私を……〝与える〟？」

ウルフはあざけるように口元をゆがめた。「ゆうべ、君がスティーブンの寝室に入っていくのを見たよ。だから今さら激怒してバージンを演じようとしても、ちょっとばかり遅いと思うがね」

「どんなふうに私を見たの、ガンブレリ伯爵？　物陰に隠れてスパイしていたわけ？」アンゼリカはジャクージを出て、タオルを体に巻きつけてからウルフの方を向いた。彼女の頬は赤く染まり、目も怒りに燃えていた。「どうなの？」

いったい僕はなにをしているんだろう？　この女性の官能的な美しさに熱くなるあまり、分別というものをすべて忘れてしまったのか？

「いや、もちろんスパイしていたわけじゃない。ブランデーを飲みに階下《した》に下りたら――」

「たまたま私がスティーブンの寝室に入るところを見たわけね？」アンゼリカはあきれたようにかぶりを振った。「私とスティーブンがどんな間柄だろうと、あなたには関係ないことだと思うわ」

「スティーブンは僕の友人で――」

「友人っていうのは、お互いをスパイするものじゃないでしょう！」

「だから、スパイしていたわけじゃないと――」

「信じないわ」アンゼリカはにべもなく言った。

ウルフは体をこわばらせ、小鼻をふくらませた。

「僕が好きこのんで、スティーブンが君にのぼせているところを見ているというのか？　本気でそう思っているのか？」

アンゼリカの頬はさらに赤くなった。「スティーブンが私をどう思っていようと、私がスティーブンをどう思っていようとあなたにはどうでも――」

「スティーブンが娘でもおかしくない年の女に入れあげて、ばかを見そうだと思ったとしてもか？」

アンゼリカは口をつぐみ、目に表れているショックを隠そうとしてまつげを伏せた。

実はウルフは知らず知らずのうちに、彼女とスティーブンの関係をぴたりと言いあてていた。そう、アンゼリカはスティーブンの非嫡出の娘だったのだ。

母親のキャスリーンはスティーブンとの不倫関係が終わった八カ月後に、アンゼリカを産んだ。

母親の夫であるニール・ハーパーが本当の父親でないことは知っていた。ニールと母親が結婚したとき、アンゼリカはもうおませな五歳の女の子だったのだから。しかし、そんなことは問題ではなかった。ニールはいつもアンゼリカを本当の娘――サフランとローズマリーとまったく同じに扱ってくれた。

十二歳のときに母親に本当の父親のことを尋ねると、スティーブンの名前を教えられた。だが当時のアンゼリカは実父にそれほど強い関心を持たず、今どうしているか知りたいとは思わなかった。十八歳になって少し好奇心が強くなったころ、スティーブンとグレイスがまだ結婚生活を続けているとわかってなおさら近づくまいと思った。

しかし一年前にグレイスの死亡記事を新聞で見て、三十年連れ添った夫婦の間に子供がいなかったのを知ったとき、好奇心がふたたび頭をもたげた。まだ見ぬ父親のことを知りたくなった。

ただしスティーブン・フォックスウッドに会おうとする前に、アンゼリカは自分の気持ちを母親とニールに話した。とりあえず実父と連絡をとり、娘がいると知らせたいと。思ったとおり、二人はアンゼリカの決心を全面的に後押ししてくれた。

実父と娘の初めての対面は感動的だった。

二人はそれからも何度か会った。少しすると、アンゼリカは週末をときどきスティーブンと過ごすようになった。そうして互いをもっとよく知ろうとした。

ところが今、この傲慢《ごうまん》なシチリアの伯爵ウルフ・ガンブレリが現れて、なにも知らないくせに二人の関係を勝手に決めつけた。

アンゼリカとスティーブンは、当初から二人の関係をしばらく秘密にしておこうと決めていた。その結果ウルフは、二人の関係を勝手に推測した。しかも、失礼極まりない推測だった。

ウルフの言葉がスティーブンへの気づかいから出たものだとはとうてい思えない。昨夜の彼はアンゼリカの一挙一動を燃えるような目で見つめていた。そして今も、彼女を見る彼の目にはやはり欲望が宿っている。ウルフは友人を心配しているのではない。自らの欲望を満たそうとしているのだ。

しかしアンゼリカに言わせれば、そんな私欲はどこにもいきようがなかった。ウルフ・ガンブレリはスティーブンを若くしたような男性だ。スティーブンの過去の無分別は許せるかもしれないが、それは彼が父親だからにすぎない。直感的に信頼できない男性とかかわり合うほど、彼女は愚かではなかった。

「抗弁しないのか?」ウルフが長い沈黙を破った。

「私は裁判にかけられているわけじゃないのよ、ガンブレリ伯爵」

「君は僕のビジネスパートナーであり、よき友人でもある男の心をもてあそんでいる」

「スティーブンは大人なのよ、ガンブレリ伯爵。あなたの忠告なんて必要としていないわ!」

「スティーブンは僕とは違う目で君を見ているらしいな」ウルフは辛辣《しんらつ》に言った。

「どんな目だというの、ガンブレリ伯爵?」

ウルフは顎をこわばらせた。昨夜はずっとこの女性のことを考えていた。裸の彼女がほかの男の腕の中でみだらにふるまうところを想像していた。だったら、今朝はここに来るべきではなかった。こんな会話を始めるべきではなかった。これでは僕が彼女に惹かれていることが見え見えではないか。

「たしかに、君は普通よりも頭がいいらしい。アパートメントも仕事も手放さず、自立した女のままでいるんだからな。だがそのせいでスティーブンはますます君に入れあげているようだし、きっと近いうちに取り決めを変えようと言いだすに違いない」

「そうなの？　教えてくれてありがとう、ガンブレリ伯爵」アンゼリカはぐいと頭を上げた。「失礼していいかしら？　ここはかなり……暑苦しいから」

ウルフはアンゼリカを引きとめたかった。両腕をつかんで揺さぶりたかった。抱きしめてキスをしたかった。スティーブンと別れて、彼のもとにくると彼女が約束するまで……ウルフはぎょっとした。こんなことはまったく僕らしくない。普段女性に接するときは、もっとさりげなく独占的でない態度をとっているのに。彼はただそこに立ちつくし、去っていくアンゼリカを見送るしかなかった。

きっと彼女は〝のぼせあがっている〟恋人に、ウルフが自分を侮辱したと言いつけるに違いない。そんなことになれば彼のアンゼリカへの気持ちが明るみに出るばかりでなく、長きにわたる友情とビジネスパートナーとしての関係も粉々になるだろう。

しかし一時間後に三人がそろって朝食の席についたとき、アンゼリカがスティーブンに早朝の出来事を話した気配は感じられなかった。スティーブンはいつもと同じように気さくでリラックスしていた。

アンゼリカのウルフへの態度は少し冷たかったが、それ以外はプールハウスでの会話などなかったかのようにふるまっていた。

ウルフはこっそり彼女を見つめた。長くつややかな髪はポニーテールにまとめてあり、高い頬骨と優美な顎のラインがいっそう際立っている。服装は赤いTシャツに色あせたデニム。化粧はリップグロスだけらしく、色はTシャツの色に合わせてあった。

「午前中はエンジェルと乗馬に出かけたらどうだ、ウルフ？」

アンゼリカにばかり気をとられていたウルフは、一瞬なにがなにやらわからず、顔をしかめてスティーブンを見た。「なんだって？」

　スティーブンが眉を上げた。「エンジェルと一緒に乗馬に出かけたらどうかと言ったんだが」

「スティーブン、私はあまり――」

「まあ、まあ、エンジェル。あいにくなんだが午前中、私は電話会議に出なくちゃならないんだ。でも、まだ君を一人で外に出したくない。わかるだろう？　エンジェルは乗馬を始めたばかりなんだよ」スティーブンはウルフに説明した。

　しかしウルフ・ガンブレリは、アンゼリカが絶対に一緒に出かけたくない相手だった。

　そのことなら、スティーブンも十二分に承知しているはずだった。アンゼリカは朝食前にスティーブンと話をして、ウルフには自分たちの本当の関係を打ち明けたほうがいいと言った。あのシチリアの伯爵は私の立場をよくわかっていないようだから、と。

　その気になればもっとあからさまな言い方もできたが、ウルフとスティーブンが長年の友人なのはわかっていたし、その友情に自分がひびを入れるべきではないのもわかっていた。スティーブンは、今週のうちにウルフに真実を話すと請け合った。だが、今はまだそのときではないらしい。

「ガンブレリ伯爵は私と乗馬に行くよりも、もっと別なことをなさりたいと思うわ」アンゼリカは訴えるような視線をスティーブンに送りながら、きっぱりと言った。これ以上ウルフ・ガンブレリに侮辱されたら、やり返さずにいられるかどうかわからない。

　スティーブンと一緒に週末を過ごすことに同意したとき、彼女が決して譲らなかった事柄が一つだけあった。それは彼からはなにも――キャリアに関する支援も、お金も受け取らないことだった。

「今朝はほかにすることなどないんだろう、ウルフ？」スティーブンがきいた。

　なにかがおかしい、とウルフは思った。彼とアンゼリカが二人で出かけるというのに、スティーブンはまるで心配していないふうだ。たしかに彼は僕をよく知っていて決まった相手がいる女性には手を出さないと承知しているが、それにしてもずいぶん気前よく信頼してくれたものだ……。

さらに、アンゼリカが恋人に僕の無礼な行為について話さなかった理由もわからない。

「もちろんさ」ウルフはけだるそうに言った。「エンジェルと乗馬に行ったらすごく楽しいだろうな」

「よし！」スティーブンは満足そうにうなずいた。「これでエンジェルは安全だ。おかげで、ずいぶん気分が明るくなったよ」

もし僕がスティーブンなら、この取り決めをそれほど喜ばないだろうとウルフは思った。彼のアンゼリカ・ハーパーへの気持ちは清らかとはとても言えないものなのだから。そして強い自制心をもってしても思いを抑えられない自分が、不安でたまらなかった。

## 3

三十分後に厩舎《きゅうしゃ》でアンゼリカと合流したウルフは、自制心が保てるかどうかますますわからなくなった。彼女がはいている乗馬ズボンは、想像の余地をほとんど残さないほど体にぴったりしている。ウエストバンドにたくしこまれた白いシャツさえ、その下で揺れている胸を隠すというよりもほのめかしている感じがしてたまらなくそそられた。

「私にあまり期待しないでもらいたいの、ガンブレリ伯爵」アンゼリカは沈んだ声で言った。

ウルフは彼女の魅惑的な胸から目をそらし、さっと顔を上げた。アンゼリカは疑わしげに眉を上げていて、彼の熱い視線に気づいているのがわかった。

「本当にまだ初心者だから」彼女は厩舎番の若者の手を借りて、おとなしい黒い馬の背中にまたがった。

「とてもそうは見えないよ、エンジェル」ウルフは言い返し、別の厩舎番から黒っぽい斑紋《はんもん》のある灰色の馬の手綱を受け取り、その鞍《くら》に軽々と飛び乗った。

露骨なほのめかしだわ、とアンゼリカはすぐに気づいた。あんなに自分に自信たっぷりで、なんて傲《ごう》慢《まん》な人なの。スティーブンが私たちの本当の関係を打ち明ければ彼は完全な間抜けになるだろうけど、私は全然同情なんかしないわ。

堂々と灰色の馬にまたがるウルフは、とても立派に見えた。陽光を浴びた髪は金色に輝き、白いシャツにスティーブンの乗馬ズボンと黒い乗馬靴を合わせた姿は息をのむほど魅力的だ。それでもやはり、アンゼリカの怒りはまったくおさまらなかった。彼は身のためにならないほど容姿がよく、女性に対して傲慢すぎる。一度か二度はその高慢な鼻をへし折られる目に遭ったほうがいい！

「ありがとう、トム」アンゼリカはほほえんで、手を貸してくれた厩舎番に礼を言った。「伯爵、準備はいいかしら？」そっけなくそう促したとき、彼は目を細くしてこちらをじっと見つめていた。まるで彼女が厩舎番を誘惑していると言わんばかりだ。

不愉快になったアンゼリカは、唇をきゅっと結んだ。こんな人、せいぜい恥をかいたらいいんだわ。スティーブンが真実を打ち明け、私は愛人ではなく娘なんだと知るときを待っていらっしゃい。

「お先にどうぞ」ウルフは無愛想に頭を傾けた。

アンゼリカが脇《わき》腹を二度蹴《け》ると馬は歩きだし、乗馬専用の道に向かっていった。そこはスティーブンと乗馬に行く際、いつも使う道だった。しかし数週間ぶりに来たので、鞍の上で方向感覚をつかむまでに数分かかった。

子供のころに乗馬のレッスンを受ける機会がなか

ったアンゼリカは、スティーブンに勧められて馬に乗りはじめた。そのかいもあってか、今では落ちる心配をせずに鞍に座っていられるようになった。とはいえ、想像以上に緊張してはいた。

だから、ウルフの落ち着いた自然な乗り方にはとてもかなわなかった。乗り手と馬が一体となって進んでいくようだとアンゼリカが感心していると、ウルフは彼女の先に立ち、乗馬道から野原へ出ていった。灰色の馬を楽々と操るたび、肩や背中の筋肉が動くのが見える。金色の髪が夏のそよ風に優雅になびいていた。

ウルフの広い背中の筋肉を見つめて、アンゼリカは思った。この人が傲慢なのは残念だわ。男の人を意識したのは本当に久しぶりなのに。

アンゼリカは二十六歳で、現在つき合っている相手はいないが、過去には何人かのボーイフレンドがいた。しかし、それは文字どおりボーイフレンドにすぎなかった。

ウルフ・ガンブレリのような男性には会ったことがない。官能的な魅力をあふれんばかりに発散させ、いつも意識せずにはいられない男性には。

「経験はどのくらいだ？」

アンゼリカははっと我に返り、ウルフを見やった。彼のもの憂げな目には、まぎれもない軽蔑《けいべつ》の色が浮かんでいる。「あまりないわ」

どんどん墓穴を掘らせてやればいいんだわ、と彼女は思った。あとで真実を知ったとき、恥ずかしくていたたまれない思いをすればいいのよ。

ウルフはあざけるように口をゆがめた。アンゼリカの言葉は信じがたい。スティーブンのように経験豊富な男がすっかり夢中になっているのだから。

それに認めたくないことだが、僕自身もまた彼女の一挙一動に心を奪われている。

「どんなことができるか、見せてもらえるかな？」

彼女は口をきゅっと結んだ。「そうね」

ウルフが見つめる中、アンゼリカは馬を速歩《はやあし》にさせた。暖かな風に吹かれ、白いシャツが胸にぴったり張りつく。シルクの布地越しに硬くなった胸の先が見えた。黒みがかった薔薇《ばら》色だ。これで疑問の一つに答えが出た。

しかし、疑問はほかにもたくさんある……。

なぜ彼女は若さと美しさをはるか年上の男性相手に無駄にしているのか？　スティーブンを恋人に選んだのは、年かさの男は若い男にないやり方で自分の若さと美しさを認めてくれると思ったからか？　いつまでも彼女の愛らしさに夢中になって、ずっと裏切らなさそうだから？

もし彼女がそんなふうに思っているなら、選ぶ相手を間違えたことになる。スティーブンは愛する妻にさえ誠実ではなかった。ましてや、おおぜいいる愛人など問題にもなりはしない。

「君とスティーブンはどうやって出会ったんだ？」

ウルフはきいた。二頭の馬は首を並べ、速歩で駆けている。アンゼリカは軽く手綱を握り、なんの苦もなく馬と一緒に進んでいた。その自然な態度を見て、ウルフは感心せずにいられなかった。

アンゼリカは横目でちらりと彼を見て、用心深く言った。「スティーブンはなんて話したの？」

ウルフは楽しそうににやりとした。今の質問は罠《わな》だと、彼女は感づいたらしい。「なにも話していないよ。ただ彼が君を見つけたんじゃなくて、君が彼を見つけたとだけ聞いている」

アンゼリカはにっこりして、赤いリップグロスの間から真珠のように白い歯をのぞかせた。「そのとおりよ。私が見つけたの」

それで？　ウルフはもどかしくてならなかった。

「スティーブンの過去は知っているんだろう？　彼は今まで……女性に忠実ではなかったんだが」

アンゼリカの微笑が消えた。彼女は顎をぐっと上げ、辛辣《しんらつ》に言った。「あなたと同じようにね、伯爵」

自分を引き合いに出され、ウルフは唇を引き結んだ。「今は僕の話をしているんじゃない」

「あら、違うの？　じゃあ、これからその話をするべきだわ」アンゼリカの目がきらりと光った。「だって、あなたにスティーブンをどうこう言う権利があるとは思えないもの。あなた自身も浮気者なのに」彼女の頬は怒りで真っ赤に染まっていた。「自分だってさんざん浮き名を流してきたくせに、よくもずうずうしくスティーブンのことを言えたものだわ。

ウルフは横柄にアンゼリカを見おろした。「低俗な新聞に書いてあることを全部信じてはいけない」

アンゼリカは鼻でせせら笑った。「報道されている女性関係の半分でも本当なら、あなたは立派なベッドの達人だと思うけど――」ウルフがアンゼリカの手綱をつかんで馬を引き寄せ、彼女は声をあげた。

「ちょっと、その手を放して、ガンブレリ伯爵！　そんなことをしたら、私たち二人とも鞍からほうり出されてしまうわ！」

乗馬の経験は浅いけれど、彼女はまだ落馬したことがなかった。しかし、何事にも始めがある。

アンゼリカはいらいらした。ウルフは私とスティーブンの関係にこだわりすぎる。そんなものは彼の知ったことではないのがわからないのだろうか？　始まったばかりの父親と娘の関係はデリケートなので、アンゼリカとスティーブンは最初から二人の関係を公にするべきでないと考えた。これまでずっと行動を逐一新聞で報道されてきたスティーブンは、非嫡出の娘が現れたことが世間に知られればメディアがどれだけ派手に騒ぎたてるかを十二分に承知していた。

しかし、ウルフ・ガンブレリは骨の前でうなる犬のように――いや、狼《おおかみ》のように自分にはまったくかかわりのない話をどうしてもやめようとしない。

「放してって言ってるのよ！」アンゼリカは必死に繰り返した。黒い馬は気が立ったようすで動きつづけている。手綱の端でウルフの手をぴしゃりと打つと、その痛みで彼が一瞬力をゆるめた。アンゼリカは姿勢を低くして、馬を襲歩《ギャロップ》で駆けさせた。

しかし、ウルフがすぐにあとを追ってくるのが音でわかった。灰色の馬の轟《とどろ》くような蹄《ひづめ》の音が背後に迫り、熱い息を太腿に感じた気がして、アンゼリカは馬の脇腹に踵《かかと》をしっかり押しつけた。こんなに速くギャロップで走るのは初めてだったし、コントロールを失いつつあるのもわかったが気にもしなかった。今、頭にあるのはウルフ・ガンブレリから離れることだけ。ますます侮辱的になる彼の言葉を聞くのはもうたくさんだった。

「とまれ、ばかなまねはよせ！」ウルフが叫ぶ。

アンゼリカはその声を無視した。鞍からずり落ちないようにするのに一生懸命で、答えるどころではなかった。馬がどこへ向かって疾走しているかに気づいたとき、彼女はパニックに陥り、大きく目を見開いた。行く手にあるのは開いた門ではなく、野原の端にある一・二メートルの高さの塀だった。アンゼリカは必死に手綱を引いたが、気が高ぶった馬にはなんの効果もなかった。

次になにが起こったのかはよくわからなかった。彼女が塀を飛び越えたがっていないことに馬が急に気づいたのか、死に物ぐるいで引いた手綱がようやくいくらか効を奏したのか。アンゼリカにわかったのは馬が急にとまり、そのはずみで自分の体が馬の頭を越えたことだけだった。一瞬飛んでいるような気がしたが、次の瞬間には背中を激しく地面に打ちつけ、息ができなくなった。世界がぐるぐるまわりはじめ、彼女は思わず目を閉じた。

アンゼリカがギャロップで走り去るのを見たとき、

ウルフはいらだたしげに歯ぎしりをしたが、やがて彼女が馬をコントロールできなくなっているのに気づいてはっと目を見開いた。すぐに自分の馬をせきたてて追いかけたが、もう少しで彼女の手綱に手が届くという際に向こうの馬がふいにとまった。彼は青い顔で、地面にたたきつけられるアンゼリカをなすすべもなく見つめた。

そして自分の馬の手綱を引き、完全にとまるのも待ちきれずに急いで鞍からすべりおり、地面に横たわるアンゼリカのもとへ駆けつけた。

「なにをしているんだ！」手厳しくそう言いながら、ウルフは彼女のかたわらに膝をついた。

アンゼリカの閉じられたまぶたはぴくりとも動かず、頬は蒼白《そうはく》になっている。ウルフは気が気ではなく、荒っぽく彼女を抱き起こした。

「どうして僕の言うことを聞かなかった？　エンジェル？　エンジェル！」彼女のこめかみが脈打っているのを見てほっとしつつも、ウルフはさらに強く呼びかけた。「頼む、目を開けて僕を見ろ」

彼女の目は固く閉じられたままだったが、喉が痙《けい》攣《れん》するように動き、声が聞こえた。「差し支えなかったら、そうするのは遠慮しておきたいわ」

ウルフはじれったそうにため息をついた。「なにを遠慮したいんだ？」

彼女は意識が混濁しているのだろうか？　落ちたときに頭がどうにかなったのか？

「あなたを見たくないのよ」アンゼリカは皮肉っぽく答えた。「それでなくても恥ずかしいのに」

「恥ずかしい？」ウルフはあいまいな調子で繰り返し、彼女を抱く腕に力をこめた。「エンジェル、今すぐ目を開けてどこも骨折していないことを確かめさせてくれないと、君を揺さぶるしかなくなるぞ」

アンゼリカはやっとのことでまぶたを持ちあげた。とりあえずもはや世界はまわっていないのを知り、ほっとした。唇に悲しそうな笑みを浮かべ、ウルフの怒った顔を見あげる。「そうしてくれると助かるでしょうね」骨折しているかどうかはわからない。いきなり地面にたたきつけられたせいで、体の大部分はまだしびれていた。

でも、どこかが折れたような感じはしないわ。腕と脚をゆっくりと動かしてみて、アンゼリカはそう判断した。

上を見あげると、ウルフが心配そうにこちらを見おろしているのがわかった。二人の目が合い、アンゼリカは彼の暗褐色の目をうっとりと見つめた。瞳孔《どうこう》が大きく開いているので、今はほとんど黒のように見える。その視線がふいに下に動き、なかば開かれた彼女の唇に向けられた。

彼は私にキスしようとしている！

アンゼリカがそう確信したとたん、ウルフが頭を下げて彼女の唇を激しく奪った。そして鋼鉄のバンドのような両腕の中に彼女をとらえ、硬い胸にぴったりと抱き寄せた。

すっかり狼狽《ろうばい》したアンゼリカは、ウルフの唇の激しい要求に応じることしかできなかった。腕を上げて、彼の肩にしがみつく。またしても空中を飛んでいるような気分だった。

想像していたとおり、ウルフの髪は絹のようにやわらかだった。アンゼリカは手を動かし、その豊かな髪に指をからませた。もう片方の手は彼の広い肩にしがみついたまま、張りつめた筋肉を感じている。ウルフの唇はアンゼリカの唇を徹底的に攻めたて、抵抗する力を完全に奪い去った。

彼の舌が求めるように触れるのを感じて、アンゼリカは唇を開いた。そこへ激しく舌を差し入れながら、ウルフが彼女を地面に寝かせる。それから両手をせわしなく動かして彼女の胸から太腿までをさぐり、またもとの場所に戻ってくると、じれったそうにシャツを押しのけてあらわになった胸を包みこんだ。

馬が疾走し、塀が迫ってきたパニックを味わったあとに、こんな出来事は酷だった。今のアンゼリカは、ウルフの怒りに満ちた攻撃に対峙《たいじ》する意志などまるで持っていなかった。

アンゼリカの顎から喉を、ウルフが燃えるようなキスでなぞっていく。アンゼリカは思わずうめき声をあげた。全身に甘い喜びが走り、脚の間が熱くなり、胸が痛いほどにうずいている。ふくらんだ胸の頂を熱い口がとらえ、感じやすい先端を舌で濡《ぬ》らしてから全体を吸った。

ウルフの手がもう一方の胸をとらえて愛撫《あいぶ》し、アンゼリカは快感に体をのけぞらせた。ウルフがさらに激しく胸に口づけをすると彼女の太腿の間は危険なほどに熱くなり、うずくような強い欲求がわきあがった。しかしふいにその口が離れ、ウルフが信じられないという表情でアンゼリカを見おろした。

「だめだ！」彼はうめき、アンゼリカを乱暴に押しのけて立ちあがると、両脇に下ろした手を固く握りしめて彼女をじっと見つめた。「君はほかの男のものなんだ」

アンゼリカは必死に落ち着こうとした。落馬してすっかり混乱していたところに、今のようなことをされては平常心など保てるわけがない。

「僕の名誉を汚すわけにはいかない。ルール違反もはなはだしい。頼むから、早く服を直してくれ！」

ウルフは自己嫌悪に陥り、その声にはアンゼリカへの軽蔑《けいべつ》がにじんでいた。彼女はシャツを直してよろよろと立ちあがると、彼に背を向けて少し離れたところで草をはんでいる馬のようすを見に行った。

なんて愚かなまねをしてしまったのかしら！

とはいえ、ほかに選択肢があったわけではない。落馬したアンゼリカはすっかり狼狽していて、ウルフの性急で強引なキスに抵抗などできながった。しかし彼のキスと愛撫に反応して、声まであげてしまったのは愚の骨頂だった。

こんな人に反応なんかしたくなかったのに。彼はスティーブンを若くしたような男性なのだから。

それにあんなふうに応《こた》えたせいで、ウルフはますます私を軽蔑するようになった。今の彼は、私が三十歳も年上の男性の愛人だと信じているばかりではない。その年上の男性を裏切る不実な愛人だと思いこんでいるのだ。

もう潮時だ。誰かがその思い違いを正さなければ。

「ウルフ、あなたは知っておくべきだと思うの。スティーブンは――」

「彼はばかだ」ウルフは吐き捨てるように言った。「僕と同じようにね。君の手練手管に屈してしまったんだから」

アンゼリカは信じられないというようにウルフを見つめた。「私がわざと馬から振り落とされたと思っているの？　今起こったことは、すべて私がたくらんだと思っているわけ？」

ウルフは冷たくアンゼリカを見つめたが、心の中ではまだ葛藤《かっとう》が続いていた。アンゼリカを腕に抱いたときの興奮といまだに闘っていたのだ。先ほど彼女が死んでいないのがわかったときは、心から安心した。そして次には、無鉄砲に馬を疾走させた彼女の愚かさに怒りがこみあげてきた。それで思わず、あれほど荒っぽくキスと愛撫をしてしまったのだ。

さらにもう一つ、特定の相手のいる女性には手を出さないというルールを破ったことも葛藤の種となっていた。ウルフは口をぎゅっと引き結んだ。「そうは言っていない――」

「言葉にしなくたってわかるわ」アンゼリカは腹立たしげに言った。シャツの下で胸を激しく上下させる。「あなたって信じられない人ね。自分でわかっている？　私が馬から振り落とされて呆然《ぼうぜん》としていたのにつけこんだくせに、今になってすべてを私のせいにするなんて」彼女はかぶりを振った。「そのうち、きっと恥をかくわ。あなたには当然の報いよ。早くそのときがくればいいのに」

　ウルフは黙りこくり、目を細くしてアンゼリカの怒った顔を見つめた。「どういう意味だ？」

「だめよ、ガンブレリ伯爵。あんなことを言われたうえにあんなことをされたんだもの、そう簡単にはすませてあげない。とりあえず、これだけ言っておくわ。いずれあなたが真実を知ったとき、ひざまずいてみじめに謝る姿を見るのが楽しみよ」

「だったら、いつまでも待つことになるぞ」

　アンゼリカは首を横に振り、冷たくほほえんだ。

「そうはならないと思うわ」

　やけに自信たっぷりのその口調が、ウルフは気に入らなかった。真実とはなんだ？　スティーブンが僕をここに招いた〝思惑〟になにか関係あるのか？

「もう家に戻るわ」アンゼリカは馬を引いて門まで行き、そこを利用して鞍にまたがった。「今後は私に近寄らないでくれるとありがたいんだけど」

　その心配はいらなかった。あんなことがあったからにはどうしても必要に迫られない限り、ウルフはもはや彼女と二人きりになるつもりはなかった。

　それどころか、ここでの滞在もなるべく早く切りあげるつもりだった。

　ウルフは考えこむように目を細くし、馬を駈足《キャンター》で走らせていくアンゼリカを見送った。

　アンゼリカはスティーブンとここにいる。昨夜は遅くに彼の寝室を訪ねていた。スティーブンが彼女を熱愛しているのは明らかだ。たとえ彼女のほうの気持ちははっきりしていないとしても。

　アンゼリカが言っていた〝真実〟とはなんだろう？　この現状を変えうるものなのだろうか？

「ランチのあとはなにがしたい？」

日曜日のために用意されたおいしいローストチキンだったのに、アンゼリカは食事がなかなか喉を通らなかった。だがスティーブンが言ったその言葉を聞き、完全に食欲を失った。なぜなら、ウルフ・ガンブレリと一緒になにかをするのは絶対にいやだったからだ。

傲慢《ごうまん》で、偽善的で、最低な男！

午前中に屋敷に戻ったアンゼリカは、落馬のせいで体が痛んだりこわばったりしないよう一時間たっぷり風呂につかった。その効果はおおむね期待どおりだったが、背中だけはまだ少し痛い。

しかし、昼食の席につくのをやめるわけにはいかなかった。そんなことをすれば、なにかがおかしいとスティーブンに気づかれてしまう。自業自得の落馬のせいで、彼に心配をかけたくはなかった。

とはいえ食事中、アンゼリカもウルフもスティーブンに向かってしか話さなかったので、二人の間になにかがあったとスティーブンが気づいてもおかしくはなかった。けれど、彼はなにか自分のことに気をとられているようすだった。

「残念なんだが、食事がすんだら僕はロンドンに戻らなくちゃならない」ウルフが冷ややかに答えた。「少し前にいとこから電話があってね、今朝早くに娘が生まれたっていうんだ。それで、できれば今日のうちに訪ねておきたいんだよ」

アンゼリカはあぜんとし、ただ驚いた顔でウルフを見つめるしかなかった。この人が赤ん坊に興味を持つなんて。そんな印象はまるでないのに。

そんな彼女の反応に気づいたらしく、ウルフは口元をゆがめた。「僕に家族がいるとは思っていなかったのかな？」

「あなたの家族のことを考えたことはなかったわ」アンゼリカは正直に答えた。

「いとこのほかに母も健在だよ。弟もいて、ルークというんだ」

「いいわね」アンゼリカは口先だけで言った。

そうよ、ウルフの家族になんか興味はない。彼本人にだって興味はないんだから。そうでしょう？

「チェーザレに娘が生まれたのか？」スティーブンが温かく言った。「だったら、いずれ胸が張り裂ける思いをする覚悟ができているといいんだが」

ウルフはいぶかしげにスティーブンを見た。「僕が聞いた話では、ロビンも赤ん坊も元気で……」

「二十年……いや、二十五年かな、そのくらい先の話だよ。チェーザレは胸が張り裂ける思いをするだろう。どこかの男がやってきて、娘をかすめ取っていくんだから。まじめな話、父親はどんな男にも満足できないものなのさ」

アンゼリカがテーブルから立ちあがった。「テラスにコーヒーの準備をさせるわ」

通り過ぎようとする彼女の手を、スティーブンがつかんだ。「緊張しているようだね。大丈夫かい？」

ウルフはアンゼリカを見つめた。頬がわずかに青ざめている。やはりどこか怪我《けが》をしたのか？

「今朝、アンゼリカは馬から落ちて――」

「なぜ私に言わなかったんだ、エンジェル？」スティーブンが厳しい口調で割って入り、立ちあがった。「怪我をしたのか？　いったいなにがあった？」

アンゼリカは非難めいた視線をウルフに送ってから、スティーブンを安心させるように答えた。「なんにもないわ。ただ馬から落ちただけよ。私は大丈夫。骨も折れていないわ」彼女はにっこり笑った。

「なんにしても、病院の救急外来に行って診てもらうべきだな。もし君になにかあったら――」

「なにもないわよ。それにお医者さまは必要ないわ。傷ついたのは私のプライドだけだもの」

スティーブンを安心させようとするアンゼリカの声には気づかいがあふれていて、ウルフはナイフで身を切られたように感じた。やはり彼女はスティーブンを大事に思っているのだ……。

これまで、今朝の出来事については考えまいとしてきた。あれはいっとき魔が差しただけのこと、無事にロンドンに戻れば移り気なアンゼリカ・ハーパーのことなど忘れてしまえるはずだ、と。

しかし彼女の声の中に愛情に似た気づかいを感じ取って、自分をごまかしているだけだと気づいた。好むと好まざるとにかかわらず、ウルフはすでにアンゼリカのとりこになっていた。

もちろん、〝好まざる〟ことだった。ほかに相手のいる女性に惹《ひ》かれるなんて。

「彼を安心させてちょうだい、ウルフ。私はすぐに立ちあがって、鞍《くら》に戻ったと教えてあげて」

すぐに……。

その〝すぐ〟の間に起こったことのせいで、ウルフは早めにロンドンに戻ろうと決めたのだ。

チェーザレが娘の誕生を伝える電話をしてきたのは本当だし、ウルフが今夜彼の妻と娘を訪ねるつもりでいるのも本当だった。しかし予定よりも早く帰ることにしたのはここから逃げ出し、アンゼリカからできるだけ離れる必要があったからにほかならない。

ウルフはわざと思わせぶりにスティーブンを見つめた。「アンゼリカは落馬では全然傷ついていない。僕が保証しよう」

あんなあいまいな言い方をしてなにをほのめかしているのかしら、とアンゼリカは思った。さっき非難されたことで、私が傷ついたとは思っていないわよね？　あの人に誤解されたくらいで私が傷つくわけはないもの。

「ほらね、私は大丈夫。本当よ」納得していないようすのスティーブンに促した。「さあ、テラスに出てコーヒーを飲みましょうよ。ウルフはもうすぐ出発しなきゃならないんだもの」

「事故があったなら私にちゃんと話してほしかったよ、エンジェル」スティーブンはまだ心配そうな顔をしながら、アンゼリカとともにテラスに向かった。

「話したでしょう、なんでもなかったって」アンゼリカは笑って受け流した。「それにあんなふうに転げ落ちるなんて、どう見てもお上品じゃないもの」

「君が上品でないことをするなんて、私は信じないよ」スティーブンは愛情たっぷりにたしなめ、アンゼリカの指に自分の指をからめた。

二人の後ろを歩いていたウルフは、その親しげな仕草を見て不快そうに口元を引きしめた。二人の心の結びつきを見せつけられるのはもうたくさんだ。これ以上は本気で耐えられない。

「僕はコーヒーを遠慮しておこうかな。荷造りをしなきゃならないし――」

「コーヒーを一杯飲むくらいの時間はあるはずだよ、ウルフ」スティーブンが笑みを浮かべて振り向いた。「チェーザレの娘はかわいいだろうが、親戚《しんせき》のおじさんの到着が予定より少し遅れたところでその子は気がつかないよ。おまけに――」彼の表情が険しくなった。「私が延ばし延ばしにしてきたのはわかっている。でも、君が帰る前に話し合わなければならないことが本当にあるんだ」

ウルフは目を細くしてアンゼリカを見たが、彼女はひるむことなく彼の目を見返した。

スティーブンとの話し合いには、今朝僕とアンゼリカが分かち合った情熱的なひとときについての話も含まれているのだろうか？

しかしランチの間、スティーブンは怒っているようには見えなかった。たぶんこれから話そうとしているのは、この週末ここに僕を招待した謎《なぞ》めいた思惑についてなのだろう。

なんであれ、話し合いが早く終わるに越したことはない。ウルフは今日の残りの時間をこのままここで過ごし、偽善者のようにふるまうつもりは毛頭なかった。

今朝はアンゼリカ・ハーパーと一線を踏み越え、スティーブンとの友情を裏切ってしまった。さらなる誘惑から身を遠ざけることこそ、もっとも賢明な道と言えるだろう。

「お仕事の話じゃないのよね？　だって、今週末は電話会議があるだけだって言っていたもの」アンゼリカはテーブルにつき、カップにコーヒーをついだ。

スティーブンはにやりとして、籐《とう》椅子の一つに腰かけたウルフの方を向いた。「誰かがうるさく世話をやいてくれるのはいいもんだよ。君もそのうち試してみるといい」そう言いながら、アンゼリカからコーヒーのカップを受け取る。

だがウルフはそうした状況を避けることで過去三十六年間を楽しく過ごしてきたし、この先十年の間にそれが変わるとは思えなかった。

「どうぞ、ガンブレリ伯爵」アンゼリカはコーヒーを差し出したがわざと彼の目を見ず、手が触れるのも避けた。

この長くて繊細な指が私の体を愛撫《あいぶ》した……。

ウルフの腕の中で過ごしたひとときを思うたび、彼女は恥ずかしさで顔をゆがめた。彼のような生き方は絶対に受け入れられない。欲しいものが手に入れば、彼はあとはどうなってもかまわないのだ。

ウルフはいちおう独身だが、アンゼリカは母親と同じ過ちを犯すつもりはなかった。語り草になるほどの女性遍歴を持つ男性には、決して惹かれたりしない。

「スティーブン、話というのはゆうべちらっと言いかけていた件なのか？」ウルフがきいた。

さりげない質問に聞こえたにもかかわらず、アンゼリカはその声の中に鋼のような鋭さを感じ取った。まさか今朝の出来事を、私がスティーブンに話したとは思っていないわよね？

アンゼリカはそれほど愚かではなかった。スティーブンのことはもうだいぶわかっているし、いたずらっぽいユーモアのセンスの持ち主なのも知っている。自分にそっくりな男が彼女を攻略したなどと聞けば、さぞかしおもしろがることだろう。スティーブンは、アンゼリカが結婚中の実父のふるまいについて不満を持っているのをよく知っている。関係を築いていくうえで、二人はつねに正直であろうとしてきた。

スティーブンの顔から笑みが消えた。「私は一週間、ずっとこの話を先延ばしにしてきた。だが……ウルフ、私は火曜の朝に私立の病院に入る。たいしたことはないと言いたいが」彼は悲しそうな顔で言葉を切った。「それは甘い考えというものだろう。ずっと自分には心臓がないと思っていたせいか、とうとう向こうが存在を主張する気になったらしい。手術を受けなければならないんだ」

アンゼリカはごくりを唾《つば》をのみこんだ。これから受ける大変な手術のことをさらりと説明するスティーブンを見ると、目が涙で曇ってくる。

スティーブンと連絡をとってからわずか数カ月で心臓病が発覚するとは、なんとも皮肉な話だった。悲劇的と言ってもいいかもしれない。しかしスティーブンは自分の病状の深刻さと向き合おうとはせず、アンゼリカをよく知りたいからという口実を使って治療を先延ばしにしてきた。今ようやく手術に同意したのは、もはやそうするしかないからだった。手術を受けなければ、じきに彼は死ぬだろう。

それにしても、心臓病の件がウルフ・ガンブレリとなんの関係があるのだろう？

たしかに、二人はいくつかのビジネスを一緒に手がけている。だからスティーブンは病気のことを、ウルフに話す義務があると思っているのだろうか？

ウルフの視線を感じ取り、アンゼリカはわずかに向きを変えた。彼の顔に非難の色が浮かんでいるのを目にして、わざとそ知らぬ顔を取りつくろう。彼はきっとこう思っているに違いない。スティーブンの心臓に負担をかけた一因は目の前の若く美しい愛人にある、と。

ウルフは口元をきゅっと結んで、アンゼリカを見つめた。スティーブンの病気のことを聞いて彼自身は驚いたが、彼女はまったく驚いた顔をしていない。どうやらすでに知っていたらしい。その事実がわかったことで、またいくつもの疑問が浮かんできた。

ウルフはスティーブンの方に向き直り、いつもの率直さでずばりきいた。「予後診断は？」

「五分五分だな」スティーブンは重々しく言った。「しかし手術を受けなければ、あと半年で死ぬそうだ。百パーセント確実にね」

「スティーブン！」アンゼリカがうめくように言う。

「この件については話し合っただろう、エンジェル」スティーブンは前に身を乗り出し、彼女の手を取った。「死ぬのは怖くない。実際、君がいなかったら、今度の手術だって受けなかったと思う。私の人生に君がやってきたから、もっと長く君と一緒にいたいからこそ、私は手術を受けようと決めたんだよ」

ウルフは居心地悪げに体を動かした。スティーブンとアンゼリカの間にある愛情が、今まで以上にはっきりわかる。スティーブンが重い病気だと知った今、今朝の彼女との一件がいっそう後ろめたく思えてきた。「それで、僕になにをしろというんだ？」

スティーブンは楽しそうな笑みを浮かべた。「わかってくれると思ったんだがな。要するにこういうことだ。私はエンジェルが心配なんだよ。もし私にもしものことがあったら――」

「万一そういうことになったとしても、ガンブレリ伯爵の助けは必要ないわ！」

「そこが問題なんだよ、エンジェル。私のビジネスはとても複雑に入り組んでいて、実業家でなければとても理解できない。いずれにしても、私のビジネスの半分にはウルフが関係しているんだ」

スティーブンの身に最悪の事態が起こった場合に僕がかかわってくると考えて、アンゼリカは明らかにうろたえているようだ。ウルフは思った。自分とスティーブンの関係を、僕に見抜かれたせいだろうか？　あるいは今朝、僕のキスに反応したせいなのか？

スティーブンはまたため息をついた。「私は前もって注意しておいたはずだぞ、ウルフ。今週末君をここに招いたのには、ちょっとした思惑があるとね。君をエンジェルに会わせたかったんだよ。私たちは長年の友人だ。私にとって息子に近い存在である君が同意してくれればだが、弁護士と一緒に共同遺言執行人を務めてほしい。そうすれば私が死んだとき、エンジェルがあれこれわずらわされずにすむ。唯一の相続人が遺言執行人になるわけにもいかないだろうし――」

「やめて、スティーブン！　初めから言っていたはずよ。私はなにも欲しくないって――」

「だがほかには誰もいないんだよ、ダーリン」

「そういう問題じゃないわ」アンゼリカはわざとウルフの方を見ないように答えた。彼女が唯一の相続人だとスティーブンが言ったときから、ウルフが刺すような目で自分を見ていることには気づいていた。

「あなたは死んだりしないわ」アンゼリカは激しい口調で続けた。「そんなことは私がさせない」

スティーブンがやさしく笑う。「そう簡単にいけばいいがね、ダーリン、そうはいかないことは私も君も承知している。だから私は、君のために死んだあとの準備をしておきたいんだよ。こういう件を扱うには、ウルフはうってつけの男だ。ウルフ、大変なことを頼んでいるのはわかっているが、私のためになんとか引き受けてもらえないだろうか？」

「そんな頼みが必要にならないといいんだが——」

「いくら願ったところで、現実になるとは限らないよ。もし手術が成功したとしても、エンジェルには何週間か頼りにできる人間が必要だ。もたれかかれる力強い肩が——」

「でも、それはウルフの肩じゃないわ！」ふと気づけば、アンゼリカは声を荒らげて抗議していた。

「私たちはお互いを知りもしないのよ」

スティーブンの表情がやわらいだ。「ダーリン、だからこそ、この週末に君とウルフを引き合わせたんじゃないか」

なるほどそういうわけだったのか、とウルフは納得した。スティーブンの病状が深刻なのは心配だが、もっと気がかりな点がある。彼の手術のあとや、あるいは最悪の事態が訪れたとき、アンゼリカを支える人間になるということだった。

彼はすでに一度友を裏切っている。それなのにスティーブンの手術後に何日も、もしかしたら何週間も彼女のそばにいるなんて考えることさえできなかった。

アンゼリカだって同じ気持ちに決まっている。

しかし、スティーブンの心からの頼みをどうして断れるだろう？　ウルフの知る限りではスティーブンに家族はいないし、彼ら二人は長きにわたる友人であり、ビジネス仲間でもあった。状況からすれば、スティーブンが遺言執行人およびエンジェルの保護者として、まず第一にウルフを選ぶ気持ちはよくわかった。「病気のことをもっと早く打ち明けてくれるべきだったよ、スティーブン」

スティーブンは肩をすくめた。「自分が年老いたと認めたがる人間はいないよ」

三十歳も年下の愛人がいれば、なおさらそうだろう！

今朝アンゼリカが口にしていた〝真実〟とは、このことだったのだろうか？　スティーブンが病気だと知れば、僕の彼女に対する考えが変わるとでも本気で思っていたのか？　むしろ、まったく逆だというのに。

「それから」スティーブンが続けた。「私の株主たちを動揺させたくないんだ。私が……なにもできない状態にある間君が舵《かじ》取りをしてくれれば、そういうことにはならないだろう」

極めて筋の通った話だ、とウルフは思った。そういう形でなら、喜んでスティーブンを助けたい。

アンゼリカのために〝もたれかかれる力強い肩〟になるのは大きな問題だが。

あの美しいアンゼリカがもたれかかりたい肩は、僕の肩ではない。彼女がほかの男のものだとはっきりしている以上、しかもその男が友人で重い病気にかかっているならなおさら、今朝のようなことは二度とあってはならない。アンゼリカも、僕と同じくらいこの取り決めに不満なように見える……。

二人の男性のやりとりを聞きながら、アンゼリカは不安をつのらせていた。スティーブンがウルフをここへ招待した理由がようやくわかった。

スティーブンが言っていることは、どれも道理にかなっている。彼が自分で事業を管理できない間、代理を頼む人間としてウルフはうってつけだろう。

最悪の事態が起こった場合に遺言執行人になってほしいというのも、納得できる話だった。

しかしウルフが私を支える存在になるという点だけは、どう考えてもありえない。

どうしてなの？　彼にキスされたから？　それとも、あんなふうに反応してしまったから？

正直に認めれば、答えは後者だった……。

アンゼリカは今までどんな男性にも、今朝ウルフにしたように反応したことはなかった。抵抗する意思が完全になくなり、体が欲望で熱くなり、ウルフなら欲望を十二分に満足させてくれることがわかっていた。あんな経験は初めてだった。

絶対に惹かれてはいけない人なのに。

「スティーブン」彼女はおずおずと切り出した。「それじゃ、あんまりガンブレリ伯爵に頼りすぎじゃないかしら。無理なお願いだと思うわ」

スティーブンはウルフを見た。「そうなのかね？」

ウルフは立ちあがってテラスを囲む凝った装飾が施された手すりまで歩いていき、きれいに手入れされた芝生と色とりどりの花が咲き誇る花壇を見るとはなしに見つめた。手すりをぎゅっとつかんだときの彼の表情は険しく、拳《こぶし》の関節は白くなっていた。

アンゼリカに惹かれている彼は、抜き差しならない状況に追いこまれていた。しかし同時に、スティーブンの頼みをはねつけられないのもわかっていた。これまでの長きにわたる友情を考えれば、承知したという以外の返事はありえない。

ウルフは自分をよく知っていた。僕はどんなときも感情を自由に操れる。欲望もだ。それならスティーブンとの友情のために、アンゼリカへのこの燃えるような思いも抑えられるのではないだろうか？

「すまない。今の話が……ちょっとショックだったものだから」ウルフは振り返り、ゆっくりと言った。

「もちろん、僕にできることはなんでもさせてもらうよ」友人にそう請け合ってから、彼はまた席に戻った。今の返事にアンゼリカががっかりしたのが感じ取れたので、あえて彼女の方は見なかった。

「ありがとう、ウルフ。力になってくれると思っていたよ」スティーブンがウルフの手を握った。

ウルフはぎごちなくうなずいた。「大変なときだからね、できることはなんでもして彼女を助けるよ」

「そう聞いてどんなにほっとしたか、きっと君にはわからないだろうな。なによりまずいのは、マスコミが私の入院を聞きつけ、見舞いに来るエンジェルのまわりをあちこちかぎまわることなんだ。二と二を足して、四という正解を出されては困るんだよ」

ウルフの表情が厳しくなった。「二と二を足す？」

「スティーブン――」

「エンジェル、君をなにから守るべきかを知らなければ、ウルフは君を守ることができないぞ」

「守ってもらう必要はないわ」

「私はそう思わない」スティーブンが穏やかに言った。「私たちの関係は、今までずっと私たち二人だけの秘密だった。意図的にそうしてきたんだよ、ウルフ。だが、今は君も真実を知る必要があると思う」

「スティーブン――」

「ウルフが君を助けるというなら真実を伝えておくべきだよ、エンジェル」スティーブンはきっぱりと言った。「ウルフ、この美しくてすばらしい女性は……かわいいかわいい私のエンジェルは……まさかいるとは思っていなかった私の娘なんだ」

エンジェルがスティーブンの娘？

「私たちはすべてを秘密にしてきた。妙な憶測やゴシップはごめんだったからね」スティーブンはアンゼリカの手を握った。「だがウルフ、君には真実を知ってもらわなければならない。君がエンジェルを望ましくない報道から守ってくれるならばね」

初めてアンゼリカを紹介されたときから今までの二十時間ばかりの出来事を、ウルフは急いで思い返した。たしかにスティーブンは彼女を誇りにしていたし、愛情もはっきり見てとれた。ウルフはそのようすを、恋にのぼせた男の感情だと思っていた。しかし、父親の愛と誇りともとれたのだ。

そしてウルフの推測どおりなら、その父親は一年前まで娘がいることさえ知らなかったのだろう。

これこそがアンゼリカが言っていた〝真実〟だ。それを知ったら、〝ひざまずいてみじめに謝る〟ことになるとは言われていたが……。

ウルフの考えでは、ひざまずくべき唯一の人間はアンゼリカ自身だった。こんなふうに僕をだましつづけたのだから、みっちり小言を食らうのが当然の報いというものだ！

## 5

「あら、ガンブレリ伯爵、謝りに来てくださったの？」寝室のドアを開けたアンゼリカは、廊下にウルフが立っているのを見て挑むように言った。

少し前、彼女はテラスから退席した。ウルフとスティーブンが仕事の話をするのに自分は必要ないし、少し一人になる時間も欲しかった。これから少なくとも一週間、ウルフ・ガンブレリが彼女の生活の中にいるという事態についてよく考えてみなくてはならない。

先ほどスティーブンがアンゼリカは娘だと打ち明けたとき、ウルフはうまく反応を隠していた。本当はひどいショックを受けたことをうかがわせるのは、ひどくこわばった顎と彼女をにらみつける冷たい目だけだった。アンゼリカの判断が間違っていなければ、あんな冷酷な目をした人間が望んでいるのは謝罪ではなく仕返しに違いない。

「まさか」ウルフはアンゼリカのそばをすっと通り抜けて寝室に入ると、閉めたドアにもたれてしげしげと彼女を見つめた。

「私の部屋にお招きした覚えはないわ」アンゼリカは昂然《こうぜん》としてウルフと向き合いつづけた。本当はそれほど自信たっぷりではない。けれどその証拠は胸がどきどきすることと、後ろにまわした手がわずかに震えていることだけだった。

ウルフは口をゆがめた。「さっき席を立ったとき、君にはわかっていたはずだ。機会があれば、僕がすぐ寝室にやってくると。もっとはっきり言えば、たぶんそう期待していたんじゃないのか」

アンゼリカは目をまるくした。「違うわ」

「いや、そうだ。教えてくれ、エンジェル。僕をもてあそぶゲームは楽しかったかい?」

「私、あなたをもてあそんだりしていないわ」ウルフのむき出しの怒りを前にして、彼女は一歩退いた。

「それにスティーブンだけなのよ、私を――」

「エンジェルと呼ぶのは、か?」ウルフが一歩前に進む。「だが君は天使《エンジェル》じゃない。そうだろう?」言いながらさげすむようにアンゼリカの全身を見まわし、激しく上下するクリーム色の胸に視線をとめる。

「君は気づいていたはずだ。初めて会った瞬間から僕が君を求めていたことを」

「いいえ――」

「違わないよ、エンジェル。そして、君は欲望と友情の間で葛藤《かっとう》する僕を見て楽しんでいたんだ。スティーブンとの友情がある限り、僕にはなにもできないからな」

ウルフのアンゼリカへの怒りは、この三十分の間にじわじわと沸点に近づいていた。もっともテラスでスティーブンと仕事の話をしているときには、そんな動揺は露ほども出さなかったが。おかげで、アンゼリカが彼の愛人ではなく娘だという事実をウルフがどう思ったのか、スティーブンはまったく気づいていないようだった。

しかし今、ウルフの怒りは頂点に達していた。

「結局、そんな葛藤は必要なかったわけだ」彼はやわらかな口調とは裏腹にアンゼリカの両腕を荒々しくつかみ、自分の方に引き寄せた。

「やめて！」押しつけられたウルフの熱い体を感じ、アンゼリカはあえいだ。「私とスティーブンは初めから決めていたの。二人の関係は誰にも言わずにおいて、まずはお互いのことをよく知ろうって。私だけの秘密じゃなかったから話せなかったのよ」

ウルフの目がきらりと光ったかと思うと、彼は頭を下げてアンゼリカの唇を奪った。彼女を罰するための、自らの激しい怒りを伝えるためのキスだった。目的はじゅうぶんに達せられた。

最初こそ抵抗したものの、アンゼリカはそのキスによって激しい欲望に目覚めた。ウルフの欲望に負けないくらいの燃えるような欲望に……。

二人はむさぼるようにキスを交わし、互いを奪った。ウルフの両腕が鋼鉄のバンドとなってアンゼリカの体をしっかりと包みこむ。彼女の両腕はウルフの肩に這《は》いあがり、両手は豊かなブロンドの髪とからみ合い、激しく襲いかかる彼をさらなる深みへといざなった。ウルフはその招きに乗じて舌を差し入れ、彼女の口の中をさぐり、学び、深く知った。アンゼリカがせつなそうにうめき声をあげる。やがてウルフが唇をもぎ離すと彼女は放心状態で目を開き、焦点の定まらぬまま彼を見つめた。

「ここではだめだ、エンジェル」ウルフはアンゼリカの両腕を脇《わき》に下ろした。「それに、今はいけない。

君を抱くときは、時間も場所も僕が好きに選ぶ」

「あなたが私を？」アンゼリカの鼓動はまだ速く、胸はもう一度ウルフに触れてほしくて痛いほどにうずいていた。「そんなときがくると思うなんて、あなた、少し傲慢《ごうまん》なんじゃないの？」彼女は顎をぐっと上げた。恥ずかしさのあまり、頬は真っ赤に染まっている。この人に反応したことを隠そうとさえできなかったなんて！

今朝ウルフに応《こた》えてしまったのは、落馬のあとの動揺のせいだと思っていた。だからもし心身がしっかりしていたなら、ああもあっさり彼に従ったりしなかったと確信していた。しかし今、互いへのあくなき欲望を目のあたりにして、その思い込みはまったくのまやかしだったとわかった。

「そうかな？　じゃあ、僕がこういうことをすると、君は気に入らないのかい？」ウルフは頭を上げ、舌先でアンゼリカの感じやすい唇のラインをなぞった。「これはもっと気に入らないかな？」彼の手がアンゼリカの胸を包みこみ、やわらかな親指の腹が硬くなった胸の頂をやすやすと見つけて愛撫《あいぶ》した。

アンゼリカはこらえきれずに胸をそらせた。わきあがった熱が太腿まで広がり、脚の間がうるおい、体がうずいて震える。

ウルフが彼女を見おろした。暗褐色の目の奥が満足そうに光っている。「そうか、よくわかったよ。君が僕に触れられるのをどれだけいやがっているかがね。大嫌いなものだから、もう一度してほしくてたまらないんだ」

この人、私をはずかしめて楽しんでいるんだわ！

「思い違いよ、ガンブレリ伯爵！」アンゼリカは激しく言い、身を引いて彼をにらみつけた。

「そうなのか？」

「そうよ。間違いないわ。あなたは私の軽蔑《けいべつ》する男性そのものだもの」

ウルフは険しく目を細め、静かな声で繰り返した。

「そうなのか?」

「ええ! あなたは浮気者の女たらしで、すぐに恋してすぐに別れるプレイボーイよ。おまけに——」

「君の父上そっくりだよ」ウルフは鋭い口調で割って入った。

「そのとおりだわ。スティーブンには欠点がある。それでも、私はあの人を大事に思うようになっているの。だって父親だもの。でもあなたは……父と同じように女性をぞんざいに扱う人間だし、好きになる必要もないわ」

ウルフはじっとアンゼリカを見つめた。たしかに彼はたくさんの女性を相手に楽しんできたが、向こうだって同じように楽しんだのだ。関係が長く続くと誤解させて女性を傷つけたことは一度もないし、どんなときも感情をしっかりコントロールしてきた。

ウルフは肩をすくめた。「僕が好きじゃないというところは数分前にも見せてもらった。あれが君の気持ちの表れなら、僕は満足だよ」

「でも、私は違うわ。少なくとも尊敬できる人でなければ、私は——私は——」アンゼリカの言葉がとぎれた。「これだけは保証してあげる。私はあなたの長い征服リストの最新の女になる気はないから」

「だったら、気の毒だな。僕は今しがたスティーブンに請け合ったところなんだよ。彼の不在中、君の面倒を見るとね」アンゼリカの侮蔑の言葉に傷つきながらも、ウルフは淡々と答えた。

どんなふうに面倒を見るつもりなのか、アンゼリカには察しがついた。「口ではスティーブンとの友情がどうとか言っていたけど——」

「口だけじゃない! 僕らは長年の友人なんだ」

アンゼリカは眉を上げた。「だったらその友情に、スティーブンの娘を多少の敬意をもって扱うという項目は入っていないの?」

「たぶん入っている」ウルフは不遜《ふそん》な態度で首をかしげた。「君がスティーブンの娘だと主張する動機がなにか、わかればね」

「私はなにも主張しないわ。事実だもの」

ウルフの暗褐色の目がきらりと光った。「君はいつからその〝事実〟を知っていたんだい？」

アンゼリカは警戒するように目を細くした。「十二歳からよ。そのころ、母に本当の父親のことをきいたの」

ウルフは冷たい笑みを浮かべた。「でも、連絡をとるのは一年前まで待っていたわけだ」

含みのある言葉を聞き、彼女の頬は熱くなった。

「そのときまでは奥様がいらしたからよ。私が存在するだけでも傷つくかもしれないじゃないの」

「グレイスか」ウルフはうなずいた。「教えてくれないか、エンジェル。グレイスが亡くなったあとでスティーブンに連絡しようと思ったのは、単なる好奇心からなのか？　それとも彼の銀行残高と、正当な相続人がいない事実に興味を持ったからかな？」

アンゼリカは鋭く息を吸った。

スティーブンに連絡する一年前にちょっとためったのは、こうした非難があるだろうと思ったからだった。金めあてだという見方をする人間は世の中に必ずいる。ウルフもその手の人種だと、とっくにわかっているべきだった。彼はアンゼリカがスティーブンの愛人だと思っていたときでさえ、彼女を侮辱したのだから……。

「スティーブンから聞いたでしょう。私はなにも受け取らないと言っていると――」

「それから、こうも聞いたよ。スティーブンの遺言状に記された唯一の相続人は君だとね」

「その話はちょっと前まで知らなかったわ！」

「だが、予想はしていただろう？　グレイスが死んでから、スティーブンに家族はいない。一年前にいきなり戸口に現れた娘以外にはね」

アンゼリカはやっとのことで口を開き、冷たく言った。「今すぐこの部屋から出ていって、ガンブレリ伯爵。これ以上侮辱されるのはごめんだもの」

ウルフは横柄に彼女を見つめた。「スティーブンが死ねば、君は大金持ちになれると言ったことのどこが侮辱なんだ？　それがもうすぐなのか、数年先かはわからないが……」

「出ていってくださる？」アンゼリカの声は震えていた。スティーブンが死ぬなんて考えたくもない。「私からスティーブンに説明するわ。私とあなたが一緒にやっていくのは無理だって」

「君はそんなまねはしない」ウルフが厳しい声で言う。「今の状況をきちんと理解するなら、スティーブンは重い病気ということになる」

「ええ」アンゼリカはかすれた声で言った。

「だったら、自分のことでこれ以上心配をさせるべきじゃない。もしなにかきかれたら、僕も君も取り決めに賛成していると思わせて安心させるんだ」

アンゼリカは反対したかったが、そうできないのもわかっていた。今のスティーブンには自分の体のことだけを考えていてほしい。ほかの心配をかけるわけにはいかなかった。

「そんながっかりした顔をするなよ、エンジェル」ウルフがゆっくりと言った。「君は僕を女好きの放蕩《ほうとう》者だと思っている。僕は君を金めあての女だと思っている。だとしたら、これからの数日間はかなりおもしろくなるはずだ。そう思わないか？」

いいえ、全然！

スティーブンの気づかいがあだになり、アンゼリカはとんでもない立場に追いこまれてしまった。しかし今は、そのことを議論できる状況ではない……。

ウルフはアンゼリカをじっと見つめた。彼女の顔にさまざまな感情がよぎっていく。最初はウルフと一緒に過ごすと考えて落胆したようだがすぐに表情は変わり、スティーブンのために状況を受け入れようと決心したのがわかった。

ウルフは長年、世界でも最高レベルの美女たちに追いかけられ、欲しいと思った相手は必ず手に入れてきた。だが、ここにいるアンゼリカは明らかに僕と一緒に過ごすことをいやがっている。ずいぶんそそられる状況じゃないか。

「これから一週間の生活の取り決めについて、スティーブンと話し合ったよ」冷笑を浮かべて言う。

「生活の取り決め？　なんのことなの？」

「これから少なくとも一週間、君はロンドンにあるスティーブンのタウンハウスにいるんだろう？」

「あそこは私のアパートメントよりもずっと病院に近いから」アンゼリカが警戒するように答える。

ウルフはばかにしたように首をかしげた。「スティーブンと話して、たぶん僕もあそこに滞在するのがいちばんだろうってことになったんだ。僕のいる〈ガンブレリホテル〉のスイートは街の反対側にあるからね」

「ばか言わないで。私はもう二十六よ。ベビーシッターなんかいらないわ」

ウルフの笑みが狼《おおかみ》のように残忍になった。「君を子供扱いするつもりはないよ、エンジェル」

「その呼び方はやめてって言ったでしょう」

紅潮した表情も美しいと思いながら、ウルフはアンゼリカの顔にゆっくりと視線を走らせてスティーブンに似たところをさがした。

スティーブンの髪もかつては彼女と同じように黒かった。しかし彼の目はミスティグレーではなく青だし、アンゼリカの顔の形はハート形で、顔立ちも彼女のほうがずっと端整だ。眉の形と意志の強そうな顎は似ている気がするが……。

「君はエンジェルというより、ダークエンジェルだな」ウルフは楽しそうに言った。「でも僕のエンジェルは天使のようというよりも、少し……邪悪なくらいがいいよ」

「私はあなたのエンジェルじゃないわ！」アンゼリカはいらだたしげにウルフをにらんだ。「これから一週間、私たちが本当に一緒に暮らすなら――」

「本当に一緒に暮らすんだよ」

「だとしたら、その間問題のある個人的発言は控えてもらえるとありがたいわ。実際――」ウルフが笑い、アンゼリカは言葉につまった。「この状況でおかしいことなんて全然ないでしょう！」

ウルフは肩をすくめた。「それは今、君がユーモアのセンスを失っているからじゃないのか」

「あなたのほうはやっとユーモアのセンスを見つけたみたいね」アンゼリカはむっとして言った。

彼にユーモアを感じたことなど一度もなかったと思う。一緒にいると腹がたって、いらいらして……

興奮する。でも、おもしろいとか楽しいとかいう気持ちはまったくなかった。とくに、あんなふうに彼に反応してしまったことについては……。

ウルフは最初からアンゼリカの真意を疑い、無礼な態度をとっている。そして今、彼女がスティーブンのずっと会っていなかった娘だと知って、ますます疑いを深めているようだ。

こんな人に反応するなんて、あってはならないことだったのに！

「もし私たちが一緒に暮らすなら――」

「さっき言っただろう。実際にそうするんだよ」

アンゼリカはうなずいた。「だったらガンブレリ伯爵、そのための基本ルールを決めておくべきだと思うの」

「ルールその一、君は僕をウルフと呼び、僕は君をエンジェルと呼ぶこと。今はスティーブンに心配をかけたくないという点については、二人とも同意見だろう？」

アンゼリカは唇を引き結んだ。「あなたが思っているように私がお金めあてでスティーブンに近づいたとしたら、そんなことを気にするかしらね？」

ウルフの目が厳しくなった。「スティーブンが回復するまでは誠実で従順な娘のふりを続けるのが、君にとっていちばんの得策なんじゃないかな」

彼の声音の中に意図的な脅しの響きを感じ取り、アンゼリカは少し青ざめた。「それであなたはどんな役を演じるつもりなの、ガンブレリ伯爵？」

「僕かい？　スティーブンのいるところでは、今までどおり思いやりのある友人でいるよ」

「私たち二人のときは？」

「まだ決まっていないな」

アンゼリカは警戒するようにウルフを見つめた。ウルフ・ガンブレリ、〝危険〟といったらまさにこの人のことだわ！

しかし彼が一歩前に進んでも、アンゼリカは動かなかった。ほんの十センチ足らずの距離で、二人は挑むような視線をぶつけ合った。

あまりに近すぎてチョコレート色の目の中に、またしても金色の斑点《はんてん》が見える。彼の体が発する声なき言葉に、背筋が震える。アンゼリカは深呼吸をした。「私は本当にあなたが思っているような人間じゃないのよ、ウルフ」

「そうなのかい？」

「ええ」アンゼリカはため息をもらした。

ウルフは広い肩をすくめた。「それが本当かどうかは、時間がたってみなければわからない。だがさっき君は、基本ルールの話をしようとしていたんじゃなかったか？　僕らが一緒に暮らすためのね」

わざと挑発しているのね、とアンゼリカは思った。

私たちは〝一緒に暮らす〟わけじゃない。家をシェアするだけよ。ロンドンにあるスティーブンのタウンハウスは寝室が十二もある大邸宅だ。そこに滞在する間二人が互いの顔を見たくないと思うなら、希望どおりにできるはずだった。

「私たちがスティーブンの家にいる間は、なるべく離れていたほうがお互いのためだと思うの」

アンゼリカの頬が少し青ざめているのに、ウルフは気づいた。魅惑的な唇がかすかに震え、喉が引きつるように動き、呼吸も乱れている。彼の目はまたしてもアンゼリカの胸に引き寄せられた。先ほど見た濃い薔薇《ばら》色の胸の頂がすぐに脳裏に浮かんでくる。そこを口に含んだとき、どんな味がしたのかも……。

そのことを思うだけで、体が反応してしまう。これほど強く求めている女性と離れているなんて、とてもできない相談だ。「ほかには？」

アンゼリカが顔をしかめる。「そのルールさえしっかり守れば、ほかには必要ないと思うけど」

「だが、エンジェル――」

「ああ、あと一つあったわ。スティーブンが愛情をこめてつけてくれた呼び名をあなたが使うのは、どうしても受け入れられない」

ウルフは眉をひそめた。「僕は愛情を持てない人間だと思っているのかい？」

なにかを強く求めているときならこの人はどうにでも好きなようになれるだろう、とアンゼリカは思った。「愛情はあるでしょうね。でも、今までにつき合った女性を本気で愛したことはないと思うわ」

ウルフの表情が暗くなった。「もしそんなことがあれば、今ごろこんな会話はしていないだろうな」

アンゼリカは当惑した。「どういう意味なの？」

ウルフが冷たい笑みを浮かべた。「我が一族の、僕のようにまだ独身の連中は〝ガンブレリの呪《のろ》い〟と呼んでいるよ」

「よくわからないんだけど……」

「簡単にいえばこういうことさ、エンジェル。僕が恋をしていれば、今ごろはもう相手の女性と結婚しているはずだ。そして愛の証《あかし》として、一ダースもの子供を作っていただろう」

「それで？　やっぱりよくわからないわ」

「そうだな。君にはわからないと思うよ。だが、我が一族の男性が生涯に一人の女性しか愛さないことはよく知られている。完全に、徹底的に、すべて燃やしつくすような情熱をこめて、ただ一人の女性だけを愛するんだ」

アンゼリカは眉を上げた。「でもそれって――」

「まぎれもない事実だよ。ガンブレリ一族の男は、いったん惚《ほ》れこめば生涯その相手を愛しつづける。僕の祖父は子供のころに祖母に恋をし、結婚して七十年たっても相変わらず祖母を熱愛していたよ。父が母に出会って恋をしたとき、父は五十歳近くで、母はまだ二十五歳だった。でも、父は生涯その愛を貫いたんだ。それだけ深く熱烈に愛されたから母はいまだにきれいで魅力的だけど、父が死んで十年たっても再婚しようとはしないんだよ。叔父のカルロというのはいとこのチェーザレの父親だが、四十年前にメイドと恋に落ちた。もちろん家族はいい顔をしなかったけれど、叔父はその反対を押し切って結婚した。でも、叔母はチェーザレやその妹がまだ子供のころに亡くなってね。そのときから叔父はだんだん酒に溺《おぼ》れるようになって、とうとう飲みすぎで命を落としてしまった。今はチェーザレが同じように妻のロビンを熱愛しているよ」

「それで、彼はその愛に不満があるの？」アンゼリカは静かにきいた。

「いや、まったくないね。それどころか、今までにないくらい幸せそうだよ。ただし、ロビンに出会う前とはまるで別人になってしまったが」

そのどこが悪いのか、アンゼリカにはわからなかった。彼女が覚えている限りでは、新聞で読んだ結婚前のチェーザレ・ガンブレリは次に結ぶビジネスの契約と次にベッドに行く女性にしか興味がないような冷たく非情な男性だった。

そう、ここにいるウルフそっくりの……。

「だから君の疑問への答えはこうだよ、エンジェル。そうだ、僕は恋をしたことがない。それどころかこの三十六年間、ずっと恋を避けてきたんだ」

そして、これからも避けるつもりだった。この断固たる口調どおりであれば、の話だが。

アンゼリカにとっても都合がいいだろう。彼女のほうも僕に恋するつもりはないのだから……。

「そういえば、あなたは今日これからいとこの方に生まれた赤ちゃんに会いに行くんじゃなかったかしら？」アンゼリカはあてつけがましく言った。

僕を追い払うつもりなのだろう、とウルフは察した。「スティーブンから話を聞いたあとだからね、今はもう急いでいないよ。場合によっては僕の……自制心は限りなく強いんだ。いずれ君にもわかってもらえるはずだ」彼は挑戦的にささやいた。その言葉の二重の意味に気づいたのだろう、アンゼリカの頬はピンク色に染まった。

先ほどスティーブンの入院中にアンゼリカの面倒を見てほしいと頼まれたときは動揺したが、現在その気持ちは完全に消えていた。アンゼリカはスティーブンの愛人ではなく、娘だった。

「この部屋から出ていってほしいと頼んでいるのよ、ガンブレリ伯爵」

「そのようだな」

「ウルフ、お願いだから――ちょっと、なにをするつもり？」アンゼリカははっと息をのんだ。ウルフが手で彼女の頬を包みこみ、顎にがっちり指をかけたからだ。

ウルフは目を細くして、さぐるようにアンゼリカを見つめた。この女性は本当に自分で言っているとおりの人間なのだろうか？　二十七年前のスティーブンの情事の結果？　それともウルフが恐れているように、金めあてのご都合主義者なのか？

しかしアンゼリカが何者であれ、ウルフは彼女を求めていた。こうしている今でさえ、彼女に触れてキスをしたかった。すべすべした裸体を肌で感じながら、熱い欲望のままに愛撫したい。あのほっそりした長い手に愛撫され、一緒にクライマックスを迎えたい。

ウルフは唇を引き結び、誘惑から逃れるためにアンゼリカを放した。期待をすれば、欲望がますます強まるばかりだろう。「明日の月曜の夜、夕食に間に合うようにスティーブンのタウンハウスに行くことになった。それまでに、今回の取り決めに気が進まないところを見せてスティーブンを心配させないでくれよ」

ふいにウルフから解放され、アンゼリカは呆然《ぼうぜん》としてまばたきをした。彼がまたキスをしようとしていたのはわかっている。その意志は暗褐色の目にはっきり表れていた。数秒後、自己嫌悪の念が表れるまでは。ウルフがいらだたしげにアンゼリカを押しのけたとき、彼女の肌はまだうずいていた。ただ彼の指が触れただけだというのに……。

こんな状況で彼と一つ屋根の下で暮らすなんて、とても耐えられない。絶対に無理だ。

しかし、取り決めは変えられなかった。命にかかわる大事な手術を控えたスティーブンに心配をかけたくないのなら……。

私はウルフを信用していないかもしれないが、スティーブンは違う。信用していればこそ、ウルフを私の保護者に選んだのだ。

でもただ触れられただけで抵抗する気がかけらもなくなってしまう私を、誰がこの男性から守ってくれるのだろう？

# 6

「スティーブンのようすを、君はどう見ている？」

アンゼリカのささやかな平安に、ウルフ・ガンブレリが割りこんできた。彼女はバルコニーの手すりにかけた指にぐっと力をこめたが、それ以外に腹をたてたようすを表には出さなかった。ここはロンドンにあるスティーブンのタウンハウスだ。ウルフとの恐るべき同居生活が、これから本格的に始まろうとしている。

　三十分ほど前にウルフが到着したとき、彼女はスティーブンと客間にいた。だが夕食前に着替えたいからと言い訳して、できるだけ早く席を立った。

　しかしジョージ王朝様式のタウンハウスの広い階段をのぼりきったところで、通りを挟んだ公園から子供たちの笑い声が聞こえてきた。アンゼリカはついフレンチドアからバルコニーに出て、子供たちが池の家鴨《あひる》や白鳥に餌《えさ》をやっている姿を眺めた。たぶんウルフはその開いたドアを見て、彼女がどこにいるかに気づいたに違いない。

「私がですって？」アンゼリカは振り返らなかった。

カジュアルな茶色のシャツにオーダーメイドの茶色のズボンを合わせたウルフは、息をのむほどすてきだった。広くたくましい胸や、引きしまった腰、筋肉のついた太腿のことを考えるだけで鼓動が速くなる。わざわざ見なくても、アンゼリカは完全に彼を意識していた。

　ウルフはアンゼリカのほっそりした後ろ姿をじっと見つめた。濃い緑色のTシャツに色あせたデニム。長い髪はポニーテールにまとめてあった。

　彼女がふいに振り返ったので、ウルフは目を細めた。アンゼリカは両手を後ろにまわし、金属製のバルコニーに寄りかかって挑戦的にウルフの目を見た。体にぴったりとしたTシャツに包まれた胸を前に突き出し、白い頬には赤みが差している。彼女はいらだっているのか？　それとも別の理由があるのか？

「今夜のスティーブンがどんなふうに見えると思っていたの、ウルフ？　手術は明日なのよ。それで、あと何年生きられるかが決まるの」アンゼリカは声をひそめた。「手術中に万一のことがあるかもしれないわ」そう言ってから、ぐっと顎を持ちあげる。「私が来たのも一時間くらい前だけど、それでもスティーブンが緊張してそわそわしているのがわかる。まるで今日が地球最後の日だとでも思っているみたい。私にはそう見えるわ」

その声が震えているのに気づき、ウルフは唇をきつく結んだ。「だったら、今夜を楽しい夜にできるかどうかは僕ら二人にかかっているわけだ」

「どういう意味？」

「今夜は休戦しようと言っているのさ。スティーブンのためにね」

「第一次世界大戦中のクリスマス休戦みたいに？」

ウルフは悲しげな笑みを浮かべた。「だからといって明日になったら殺し合おうというわけじゃないが、まあ、そういうことだ」

「もっともな話ね」アンゼリカはそっけなく言った。「じゃあ、ちょっと失礼するわ、ガンブレリ伯爵。夕食前に着替えなくちゃならないの」彼女は歩きだしたが、フレンチドアのそばに立つウルフは動かなかった。体を横にして脇《わき》をすり抜けようとすると、上を向いた胸の先が彼の胸をかすった。

アンゼリカは鋭く息を吸った。二人の体が触れたとたん胸は目に見えてふくらみ、胸の先端が痛いほど硬くなってうずいた。

はっとして顔を上げると、視線は濃いチョコレート色の目にからめ取られた。ウルフの彫りの深い顔、引きしまった顎、官能的な唇のラインを見つめると呼吸が浅くなり、喉のあたりが熱く脈打つ。

昨日、あの唇が私の胸に触れた……そのことを思い出すだけでも、息がとまりそうになる。

アンゼリカは舌先で唇を湿らせたが、すぐにしまったと思った。ウルフがその動きを目で追いながら、自分の品のいい唇にも舌を這《は》わせる。まるで彼女の唇に触れているのは彼の舌であるかのように。

アンゼリカの胸はますます激しくうずき、重苦しく感じられた。そのうずきを静めてほしくて、無意識のうちに背中が少し弓なりになった。

アンゼリカのミスティグレーの目の中に欲望を読み取って、ウルフは息をのんだ。しかし彼が頭を下げかけたところでアンゼリカは急に目をそらし、さっと脇に動いて建物の中に向かった。

ウルフは両手で拳《こぶし》を作って震えるため息をつくと、振り返ってフレンチドアと部屋との境目に立っているアンゼリカを見つめた。

「いとこの方の奥様と赤ちゃんはどんなようす？」

「元気だよ……ありがとう」アンゼリカの礼儀正しい問いかけに少し面食らったウルフは、やや遅れて礼をつけ加えた。

「最初のお子さんなのよね？」アンゼリカは軽い調子で続けた。だが数分前自分が本心をさらけ出してしまったこと、ウルフがそれに気づいていたことはよくわかっているので気まずくてならなかった。

しかしチェーザレ・ガンブレリのことなら、多少は知っている。ウルフと同じくその弟のルークもいとこのチェーザレも美女を相手に次々と女性遍歴を重ねていて、しょっちゅう新聞に載っていたからだ。

実際、このハンサムなシチリア男性三人は世界でもっとも結婚したい独身男性に数えられていたが、昨年チェーザレは愛らしいロビン・イングラムと結婚した。聞くところによると、彼は喜んで〝ガンブレリの呪《のろ》い〟に屈したようだ。

ウルフはうなずき、にっこりした。「マルコという養子もいるんだ。亡くなったチェーザレの妹の息子でね。そっちもまだ赤ん坊みたいなものだから、これからロビンは手いっぱいになるだろうな。でも長年子供が持てないと思っていたあとだからね、きっとそんなことは気にしないと思うよ」

いとこ夫婦への愛情はどう見ても本物だったが、ウルフが家庭人の役割を果たしているところなんて、アンゼリカには想像できなかった。どうやら彼自身も同じように思っているらしい。

「君のほうも少し前に来たばかりだと言ったね？」

アンゼリカはとまどった。「そうだけど？」

「今日一日スティーブンは明日の手術に備えて、やりかけの仕事を片づけていた。君はなにをしていたのかと思ってね」

こうきいたのがほかの人なら、ただ会話をつなぐための礼儀上の質問だと思っただろう。しかし今のように二人きりでいるときのウルフが礼儀などまったく気にしないことを、アンゼリカはいやというほどよく知っていた。「車でケントへ行って、何時間か家族と一緒に過ごしてきたの」

「ああ、そうか……お母さん、義理のお父さん、それに二人の妹さんとだね」

そのどこが悪いのかしら？　ウルフのあざけるような口調を聞いて、アンゼリカはむっとした。

「スティーブンが手術を受けたら、しばらく会いに行けないでしょう」

「そうだろうな」ウルフが言う。「僕は今日の午後、スティーブンの弁護士のオフィスで過ごしたよ」

アンゼリカは目をぱちぱちさせた。「そうなの？」

「君はすでに正式にスティーブンの唯一の相続人だよ。弁護士と僕が遺言執行人だ」

「私はそんなことを望んでいないわ。前にも言ったはずよ」アンゼリカは鋭く告げた。

「君が望もうと望むまいともうそうなったんだよ」

君が望もうと望むまいと……。

それ以上はっきりした表現は必要なかった。ウルフがまだ彼女の下心を疑っているのは明らかだった。

「だからといって、私が受け入れるとは限らないでしょう。きっと最悪の事態が起こると思うわよ」

ウルフは疑うような目をして、ブロンドの眉を上げた。「スティーブンの財産を寄付するつもりなのか？ そういう意味なんだな？」

「いけないかしら？」

いずれにしてもそんな大金をどうすればいいのか、彼女にはわからなかった。裕福になりたいと望んだこともないし、ましてや信じられないほどの大富豪になりたいなんてもちろん考えていなかった。

これまでに出会った大富豪――スティーブンとウルフを見る限りでは、ありあまるほどの富が幸福をもたらしたとは思えなかった。

スティーブンの結婚生活は決して幸せではなかったし、情事も一時的なものにすぎなかった。そしてウルフは……自ら選んだかどうかは知らないが、アンゼリカから見ればとても孤独な生活を送っている。公に知られている彼の行動からは、長く続く関係にはかかわるまいという決意がうかがえた。

二人の男性は、アンゼリカにとって〝幸せはお金で買えない〟という言葉の象徴だった。潤沢な富によって生活が快適なのは間違いないし、欲しいものもなんでも買えるだろう。しかしお金よりも愛を重んじる家庭で育ったアンゼリカは、スティーブンやウルフのような豊さに価値を認めなかった。

ウルフはアンゼリカをじっと見つめた。まさか彼女も、本気でスティーブンの全財産を手放そうとはしないだろう。自分の銀行残高がどれだけの額になるかを正確に知れば、きっと気も変わるに違いない。

もしスティーブンが死んだら……。

「もちろん、仮定の話だけどね」

「当然だわ！」アンゼリカがぴしゃりと言った。

ウルフはうなずいた。「明日はピーター・ソームズがすべてうまくやってくれるはずだ。彼は世界でも有数の心臓外科医だからね」

「調べたの？」アンゼリカが眉を上げる。

「もちろんさ」

ウルフには〝世界じゅうの美女たちとつき合いながらおもしろおかしく暮らしている〟という評判があるので、人は彼にただのプレイボーイという印象を受けがちだ。だが実際には相当な知力を抜け目なく使わなければ、実業界であれだけの成功はおさめられなかっただろう。

「もちろん、ね」アンゼリカは乾いた声で繰り返した。「本当に着替えに行かなくちゃ。なにをぐずぐずしているってスティーブンが不思議がるわ」

アンゼリカが立ち去ろうとすると、ウルフがその腕をつかんだ。彼女は引きとめるウルフの手を見おろしてから、けげんそうに顔を上げた。

「スティーブンは君をとても愛している。それが間違いでないことを心から祈っているよ」

あからさまなあてこすりを言われ、アンゼリカは唇をきつく結んだ。「前にも言ったはずよ、ガンブレリ伯爵。私とスティーブンが互いをどう思っていようと、あなたには全然関係ないことだわ――」

「君の家族は？」ウルフが辛辣《しんらつ》に口をはさんだ。「今日会ってきたんだろう？　君の家族は今度の一件をどう思っているんだい？」

「どう思っているって？」

「君が大金持ちになる準備が万端整いつつあることを、ご家族が知らないわけがないからね」

「そこまでよ、ガンブレリ伯爵！」アンゼリカの目は怒りに燃えていた。「富がどれだけ人の人間観をゆがめてしまうものか、あなたを見るとよくわかるわ。いつもそうして他人を疑ってばかりいるのね」そう言いながら、ウルフの腕を振り払う。「私の家族はスティーブンの財産に興味なんかないわ。私と同じようにね！」

「そうだといいんだが」

「そうよ。さあ、もう失礼していいかしら？」

「君の失礼はいくらでも許すつもりだよ。だが、スティーブンを傷つけることだけは許さない」

「そんなのはありえないわ」

「そう願っているよ。それと、さっき言ったことは本気だから」

アンゼリカはさぐるような目でウルフを見つめた。この十分間に彼はずいぶんいろいろなことを言ったので、〝さっき言ったこと〟とはどれのことなのかわからなくなっていた。

「スティーブンのために、今夜は休戦したいんだ」

彼は私を侮辱した……またしても！

彼は私にキスしようとした……またしても！

それでもまだ、スティーブンの前で二人が親しく打ちとけているふりをしろというの！

「精いっぱいがんばってあなたを好きなふりをしてみるわ、ウルフ」

「君の〝精いっぱい〟は相当なものだろうね」

アンゼリカは目を細くして彼をにらみつけた。

「そっちはどうなの、ウルフ？　あなたも私を好きなふりができるわけ？」

ウルフはまたもやアンゼリカの髪から紅潮した美しい顔、形のいい胸、ウエスト、魅惑的なヒップのまるみまでゆっくりと視線を下ろしていった。

やがてウルフの目がふたたび顔に戻ったとき、アンゼリカは今まで以上の熱と気まずさを感じた。

「ああ、僕は本当に君が好きだよ、エンジェル。それどころか君のある部分に関しては、好きなんて言葉じゃ足りないくらいだ」

「あいにくだけど、ウルフ、私は一式全部そろって私なの！」すっかり憤慨したアンゼリカは、最後にもう一度彼をにらみつけてから寝室に向かった。

せいぜい三時間よ。今夜、あのいまいましい男性と一緒に過ごすのはきっとそのくらいだわ。生き地獄のような三時間なのは間違いないけれど……。

「カードを八枚取れよ、ウルフ」スティーブンが勝ち誇ったように笑い、今しがたアンゼリカが置いた黒のジャックの上にまた黒のジャックを重ねた。

アンゼリカは浮かない顔に笑みを浮かべ、二人の男性のやりとりを見つめていた。世界でもっとも悪名高い女たらし、スティーブン・フォックスウッドとウルフ・ガンブレリと一緒に、夕食後二時間も子供がするようなカードゲームをするなんて。一年前に誰かにそう言われたとしても、アンゼリカは信じたりしなかっただろう。

しかし、今まさに三人はそうしていた。四人いないとブリッジはできないし、三人でできる大人のカードゲームは思いつかない。そこでやむなくアンゼリカは記憶の糸をたどり、子供のころに両親や妹たちと遊んだカードゲームを思い出した。

ところが意外にも、スティーブンとウルフは男同士の軽いライバル意識にあおられつつ、この二時間を本当に楽しんでいるようだ。

ただしこんなふうにくつろいだウルフを見るのがいいことなのかどうか、アンゼリカにはよくわからなかった。彼女はかつてないほどに強くウルフを意識していた。彼のハスキーな笑い声が愛撫《あいぶ》のように肌を撫《な》で、熱っぽいチョコレート色の目がこちらを向くと血がわきたつような気がした。

とはいえ、明日の手術からスティーブンの気をそらす手段としては、この方法は間違いなくうまくいっていた。ウルフと張り合っているうちに、先ほどまでの彼の緊張はあとかたもなく消えていた。

「ゲームオーバーよ」アンゼリカは宣言し、最後の一枚をカードの山の上に置いた。「そろそろ休んだほうがいいと思うわ」

「ずるいぞ！」スティーブンが不服そうに声をあげる。「最後の四ゲームは全部君の勝ちじゃないか」

「きっとエンジェルは僕らがこのゲームを知らないのをいいことに、勝負を進めながら勝手にルールを作ったんだよ」ウルフも同調する。

「それは女性の特権じゃないか、ウルフ？」スティーブンが冷やかすように言う。「ルールはいつ変わってもおかしくないと知っているから、男はつねに用心しているのさ。女は揺りかごの中でルールを作る方法を覚えるんだと思うよ」

ウルフはほほえんだ。「だったら、娘を持ったばかりのチェーザレに警告しておくべきかもな」

「私はかまわんよ」スティーブンが笑う。「どうせすぐに気づくだろうから」

「二人とも、なにをくだらないことを言ってるの」アンゼリカがたしなめた。ウルフが彼女をどう思っているかはよくわかっている。しかしどういうわけか、今の彼の言葉はスティーブンの言葉と同様やさしくからかっているように聞こえた……。

「君の言うとおりだな。もう休む時間だよ」ウルフが立ちあがった。「僕は失礼するから、しばらく二人で話すといい」

アンゼリカの目は、去っていくウルフの引きしまった体に吸い寄せられた。夕食前に黒のスーツに着替え、純白のシャツに赤い蝶《ちょう》ネクタイを合わせた今夜のウルフはいつも以上にエレガントで、いつも以上に心を乱された。

「あれはいい男だよ、エンジェル」スティーブンが言った。

アンゼリカはわざとそ知らぬ顔を取りつくろって、父親の方を振り返った。彼女からすればたとえどんな状況でも、ウルフ・ガンブレリに〝いい〟という言葉はあてはまらなかったからだ。

「きっとそうね」アンゼリカはあいまいに答えた。ウルフの話をするのは気が進まない。スティーブンは親友だと考えているが、私自身はこれまでに会った誰よりも危険だと思っている相手なのだから。

スティーブンが手を娘の手に重ねた。「彼なら信じて大丈夫だ、エンジェル。でも、君はそのことにあまり納得していないようだね」

アンゼリカはごくりと唾《つば》をのんだ。嘘《うそ》はつきたくないが、スティーブンによけいな心配をさせるのもいやだった。「ウルフと私はまだお互いをよく知らないのよ」しかしもし彼女がしたいようにするとしたら、二人が知り合うことは決してないだろう。

スティーブンがほほえむ。「君がウルフについて知っていること――つまり新聞で読んだことからすれば、納得できないのも無理はない。だが、私が保証するよ。メディアはウルフに国際的なプレイボーイというレッテルを張りたがるが、あれはそれだけの男じゃない」スティーブンの表情が真剣になった。「ウルフはアレシーアのいい息子で、ルークの頼りになる兄だ。そして、私の長年にわたる友人なんだよ。君にとってもいい友人になるはずだ。もし君がそうさせてくれればね」

「きっとそのとおりだと思うわ。でも私たちが話すべきなのはウルフじゃなくて、あなたのことよ」アンゼリカはいたわるようにスティーブンを見つめた。「明日は大丈夫?」

スティーブンは娘の手をぎゅっと握ってから、椅子にもたれかかった。「覚悟はできているよ。これ以上はないほどにね」そこで彼は顔をしかめた。

「医者や病院は嫌いだ。君がいなければ、今度の手術を受ける勇気を持てなかっただろう。でも私は乗り越えてみせるよ、エンジェル。麻酔から覚めたときは君が待っていてくれるんだ、是が否でも生き延びなければな。それに、たとえ私が――」

「そんなことは言わないで」アンゼリカは声をつまらせ、父親の手をしっかり握った。「あなたになにかあったら、私、とても耐えられない！」

二人が父親と娘の関係になったのはとても遅かったが、それでもアンゼリカはすでに気づいていた。スティーブンの身に万一のことがあれば、彼女の人生には大きな空洞ができるに違いない。

スティーブンは励ますようにほほえんだ。「エンジェル、たとえなにが起ころうと今年は私の人生最高の年だったよ。君という娘を持てたんだからね」

アンゼリカはまばたきをして涙をこらえた。強くならなければならない。スティーブンのために。

「一緒に過ごす時間は、まだいくらでもあるわ」

「そうだといいな。さてと、本当にもう眠る時間だ。君は先に休みなさい。私はまだいくつかしなければならないことがあるから」

明日の手術を前にして最後に片づけなければならないことがまだあるんだわと思い、アンゼリカは言われたとおりゆっくり寝室に向かった。信じられないほど寂しかった。頼るべき家族がまわりにいてくれたらいいのだが、この状況では無理だ。だとしたら、私は……。

寝室へ続く廊下に入ったところで、アンゼリカははたと足をとめた。そこにはウルフが立っていた。

アンゼリカは警戒するように彼を見つめた。今度はなに？　最後の警告をするために待ち伏せしていたの？　また脅すつもりかしら？　だったら――。

「ベッドに入る前に万事大丈夫かどうかを確認したかったんだ。ぎりぎりのところで……問題がなかったかどうかをね」

アンゼリカは目をぱちぱちさせ、かすかに眉をひそめた。警戒心がますます強まる。

ウルフは残念そうな笑みを浮かべた。「今夜は休戦したはずだろう？　忘れたのかい？」

彼女は眉をひそめたまま、身構えるようにわずかに顎を上げた。「そうするのはスティーブンのためだと思っていたけど……」

「そうなのかい？　じゃあ、今はもう敵同士に戻りたいってことかな？」

なぜここで彼女を待っていたのか、実のところ、ウルフにはその理由がはっきりわかっていなかった。ただ少し前に階段をのぼっていたとき、ふいに思いついた。もしアンゼリカのスティーブンへの気持ちが本物なら、今夜おやすみの挨拶《あいさつ》をしたあと、彼女は動揺しているかもしれない。そうだとしたらスティーブンが望んだように、僕が守ってやる必要があるのではないか。

もし彼女の気持ちが本物なら……。

「いいえ、もちろん違うわ。私はただ……なにもかもがとても……」アンゼリカはかぶりを振り、またこみあげてきた涙をこらえようとして目を閉じた。

ウルフは一歩前に進み出て、静かに言った。「君は強くならなければいけないよ、エンジェル。スティーブンのためにも、君自身のためにも」

「でも、もしスティーブンが生き延びられなかったらどうするの？」アンゼリカの目は涙でかすんでいた。「もしなにもかもが悪いほうへいってしまったら――」それ以上続けられなくなった彼女をウルフはきつく抱き寄せ、つややかな黒髪に顎をのせた。

アンゼリカは彼の胸に頭をもたせかけ、腕を腰にまわしてぎゅっとしがみついた。「スティーブンになにかあったら、私、とても耐えられないわ！」

どうがんばってみても、ウルフはやはりアンゼリカの苦悩に無関心ではいられなかった。一分間ほど彼女を泣かせてから、彼はやさしく請け合った。

「スティーブンは大丈夫だよ」

「そんなこと、わからないわ」

「そうだな。でも、精いっぱいのことをすべて確実に終えておくことはできるはずだよ」

「そうね」彼女はため息をついた。「ただ――」

「君のこんな姿をスティーブンに見られてはいけない」ウルフはアンゼリカの体から手を離し、彼女の寝室のドアを開けた。「さあ、エンジェル。とりあえず廊下から離れよう。スティーブンが上がってくるかもしれないからね」

とはいえ、自分も一緒に寝室に入るのがいいことなのかどうか、ウルフにはよくわからなかった。

なにせこうしてアンゼリカを腕に抱き、その体のやわらかな曲線に触れただけでも欲望がわいてくるのだから……。

# 7

寝室のドアが静かに閉まる音を聞き、アンゼリカははっとした。ここがどこなのか、自分が誰と一緒にいるのかにふいに気づいたのだ。

気まぐれにやさしくしてくれたからといって、ウルフがアンゼリカを信じていないという事実が変わるわけではない。さらにいえばそうして疑われているにもかかわらず、彼女がウルフの官能的な魅力に惹《ひ》かれている事実もやはり変わらなかった。

アンゼリカは腰にかけられたウルフの腕をはずし、熱い体から離れると、振り返って彼を見つめた。

「ありがとう……気づかってくれて。でも、明日は私たちみんなにとって大変な日になるわけでしょう。

だから、もう休んだほうがいいと思うの。それぞれの寝室でね」彼女がそう強調すると、ウルフのくっきりした唇にゆっくりと笑みが浮かんだ。

「ここで一緒にと誘われる気はしていなかったよ」

「だったら、期待はずれでがっかりってことはないわよね?」アンゼリカにとっては、もはや休戦は終わっていた。

ウルフはわざとなに食わぬ顔をしていたが、アンゼリカが今も美しく見えることに気づいた。頰に涙のあとが残っているのに。

彼女が着ている膝丈のグレーのドレスは、淡いピンク色の肌と黒髪を申し分なく引きたてている。ミスティグレーの瞳は精神的な消耗のせいで陰りをおびている。

昨日の朝、キスしたときと同じように……。

ウルフはまだこの女性をよく知らず、アンゼリカのスティーブンへの気持ちが本物かどうか判断しかねていた。しかしいくら警戒心があっても、彼女のそばに近づくたびにどうしても体が官能的な魅力に反応してしまう。

「ちょっと思ったんだが」ウルフはかすれた声で言った。「ある……方面に関しては、君が期待はずれってことは絶対にない気がするな」

頰に血がのぼるのを感じ、アンゼリカは目を細くした。「お気の毒だけど、あなたがそれを判断できる立場になることは決してないでしょうね」

「そうなのかい? まあ、君がどんな立場を想像しているかによるけどね」

アンゼリカの頰はさらに熱くなった。「あなたについてなら、立場もなにもないわよ。私たち、今夜はスティーブンのために礼儀正しくふるまわなければならなかったけど、お互いにそれ以上のものがあるなんて想像はしないようにしましょう」

ウルフはすっかりリラックスしたようすで、悠々と言い返した。「だが想像はすばらしいものだよ、エンジェル。たとえば昨日の朝以来、僕はずっと想像しているんだ――」

「今夜はもう遅いわ、ウルフ」アンゼリカは彼の言葉をさえぎった。昨日の朝のことは忘れてしまいたい。しかしウルフがこんなに近くにいると、どうしてもできなかった。

「君とまた乗馬に行くところをね」アンゼリカの言葉など聞かなかったようにウルフは話を結び、じっと彼女を見つめた。

挑発的な彼の口調に、アンゼリカは鋭く息を吸った。「ロンドンにいるときは乗馬はしないの」

なぜ自分がこれほどひどい態度をとるのか、ウルフにはさっぱりわからなかった。ただ一つわかっているのは先ほどはこの女性を気づかったものの、今は体が反応しているのが腹立たしいということだけだった。だが、それは彼女のせいだろうか？　アンゼリカは僕をけしかけるようなまねなどしていない。むしろ、その反対だ。

「残念だな」ウルフはゆっくりと言った。「じゃあ、僕は失礼するよ。君は一人のベッドで休んでくれ」

「あなたもね」アンゼリカは冷たく言い返した。

ウルフはドアノブに手をかけたところで足をとめた。「もし気が変わったら……」

「変わらないわ。前にも言ったはずよ。私は一時的な関係なんかに興味はないの。あなたのような人が望んでいるのは、どうせそれだけだし――」目を細くするウルフを見て、アンゼリカは自分のばか正直さがいやになった。「本当にもう遅いから、ウルフ」

ウルフは鋭く息を吐いた。〝あなたのような人〟という言葉にまた傷ついたのだ。〝あなたのような人〟とはつまり、〝スティーブンのような人〟という意味だろう。二十七年前スティーブンは既婚者でありながらアンゼリカの母親と浮気をし、知らないうちに子供を作っていた。しかしアンゼリカは認めようとしないが、ウルフとスティーブンの間には微妙な違いがあった。

スティーブンは自分が悪いわけではないのに、肉体的に満足できない結婚生活にとらわれてしまった。彼とグレイスの関係は何度かの危険な流産の結果、愛し合う夫婦というより友人同士のようになっていたのだ。一方のウルフは、結婚というものに近づいたことさえなかった。家族の歴史からしてもし自分が結婚するなら、愛する女性に生涯を捧《ささ》げることにほかならないとわかっていたからだった。

アンゼリカは知らないが、彼と女性たちとの関係はいつも肉体的なものばかりとは限らなかった。これまでにデートしたりエスコートしたりした女性の中には、ただの友人のままで終わった相手も何人かいる。それに肉体関係があろうとなかろうと、ウルフはどんな女性に対しても結婚を考えているようなふるまいは決してしなかった。

とはいえアンゼリカの偏見がとても強いことを考えれば、そう指摘してみたところで彼女が微妙な違いを認めるとは思えなかった。

でも、それが本当に問題だろうか？

違う。スティーブンがああいうふうになったのは、たぶんやむをえなかったのだろう。僕は彼と同じにされたことにいらいらしているのだ。

「じゃあ、よく眠ってくれ、エンジェル」無愛想にそう言い残し、ウルフは寝室を出ていった。

〝よく眠ってくれ〟？　閉まったドアを見つめながら、アンゼリカは心の中で繰り返した。スティーブンが心配で今夜はよく眠れないだろうとは思っていたけれど、今しがたの会話のせいでまったく眠れなくなってしまった。

ウルフがどんな男性かはわかっているつもりだった——わがままで、うぬぼれが強く、女性との関係においてはすこぶる傲慢《ごうまん》。しかしアンゼリカが寝室に上がってくるのを待っていたことや、本気で彼女を気づかってくれたことからすると、どうやら高飛車なところだけが彼のすべてではないらしい。

私はウルフ・ガンブレリを好きになりはじめているの？　それだけは絶対にいや！

私は彼に肉体的に惹かれている。そして、その気持ちとつねに闘っている。それだけでもじゅうぶん最悪なのに！

「エンジェルを連れてコーヒーでも飲みに行くんだ、ウルフ」

次の朝病室で、スティーブンが言った。二人の男性はどちらも、彼女の顔が蒼白《そうはく》なのに気づいていた。十一時ちょうどになり、スティーブンを手術室に運ぶために医療スタッフが迎えに来ていた。

「公園に散歩に行ってもいいぞ。とにかくしばらくの間、エンジェルをここから連れ出してくれ」

「あら、でも――」

「スティーブンの言うとおりだよ、エンジェル」ウルフはやさしいながらもきっぱりと言い、彼女の腕に手をかけた。「ピーター・ソームズから経過を聞けるのは数時間後だ。それまでは、ここでうろうろしていないほうがいい」

今朝朝食の席についたときのアンゼリカを見てから、ウルフはずっと彼女を心配していた。化粧はしていても目の下のくまはまったく隠れておらず、昨夜は眠れなかったことが一目瞭然《りょうぜん》だったからだ。それに彼女は食べ物をいっさい口にせず、コーヒーを一杯飲んだだけだった。

ウルフの頭の中でまたしても警鐘が鳴った。彼女のスティーブンへの気持ちについて、もしかしたら僕は大きな判断ミスをしていたのではないだろうか。

もしそうなら、この数日間で彼女にぶつけた数々の言葉は必要以上に残酷だったことになる。

アンゼリカの腕をつかんだまま、ウルフはスティーブンの方を向いた。「数時間後にまた会おう、スティーブン」

「ああ、必ず」スティーブンはウルフの差し出した手を握り、続いて愛娘《まなむすめ》を抱きしめた。

アンゼリカは父親にしがみついた。とうとうこのときがきてしまった。「愛しているわ。それを知っておいてほしいの」その言葉を口にするのは初めてだったが、真実だった。

一年前スティーブンをさがそうと決めたとき、先の見通しは定かではなかった。実父と対面して自分が彼をどう思うのか、彼が自分をどう思うのかさっぱりわからなかった。ただ一つわかっていたのは、父親は娘の存在を知ってしかるべきだということだけだった。

しかしスティーブンはひとたびアンゼリカが娘だと知ると、すぐに彼女を愛するようになった。そして彼女を完全に受け入れ、娘が自分を愛し返すように働きかけた。

自分の気持ちを告げないままで父親を失うなんて、アンゼリカはとても耐えられなかった。

「私も愛しているよ、エンジェル」スティーブンは心をこめて言うと、訴えるように友人を見あげた。「ウルフ?」

ウルフがアンゼリカの肩を後ろからしっかりつかんで引きとめても、アンゼリカは逆らわなかった。二人が見守る中、スティーブンは運ばれていった。やがてウルフはアンゼリカを振り返らせてきつく抱きしめたが、彼女はやはり逆らわなかった。またしても熱い涙が頬を流れるのを感じる。

少しすると、ウルフはアンゼリカの肩に腕をまわしたまま、彼女を病院から明るい陽光の中へ連れ出した。アンゼリカはそのときも異議を唱えなかった。

外へ出た自分たちがどこへ行ったのか、あとになっても彼女はほとんど思い出せなかった。それからの数時間はまるで夢の中にいるようだった。ただウルフに勧められてコーヒーを飲んだことと、やはり彼にしつこく言われてサンドイッチを食べたことしか覚えていない。

けれど四時間後、病院に戻る途中で胃がおかしくなりはじめ、アンゼリカはサンドイッチを食べたことを後悔した。これから待ち受けている事態を思うと、耐えられないほど緊張が高まっていた。

一方のウルフは明るく親しげに会話を続けながら、愛娘を自分に託したスティーブンの決断に感心していた。もしアンゼリカの好きにさせたら、彼女はたぶんずっと待合室に座り、不吉な想像をめぐらせてはその重みにどんどん押しつぶされていったに違いない。彼自身もスティーブンの身を心配していた。だがアンゼリカが自分よりもはるかに支えを必要としていたので不安はしっかりと抑えこみ、表に出さなかった。

それにしても考えれば考えるほど、自分が間違っていたことがわかる。とはいえ昨日までの二日間に、ウルフはあれだけの非難と侮辱の言葉をアンゼリカにぶつけてしまった。彼女がどんな人間なのかがはっきりわかったといえども、間違いを認めるのは愉快なことではなかった。

ただし、だからといって彼女に感じている欲望は弱まらなかった。

それどころか感覚のざわめきはさらにひどくなり、彼女の温かく誠実な性格とまごうことなき美しさからもう身を守れそうになかった。

長年にわたり〝ガンブレリの呪《のろ》い〟を避けて本当の恋をせず、ウルフは心ゆくまで自由を満喫してきた。この女性にはただ惹かれているだけではないかもしれないと思うことさえ、彼にとっては受け入れがたかった。

ウルフは決然と唇を結び、アンゼリカのために病院のドアを開けた。「そろそろ、スティーブンの容態についてなにかわかっているはずだよ」

あるいはそうでないかもしれない、と思ってアンゼリカは顔をしかめた。もたらされるニュースを知るのが怖くて、足がなかなか進まない。もし手術が失敗していたら、私はどうすればいいの？

「アンゼリカ！」

誰の声かに気づいて、アンゼリカはうれしそうにぱっと顔を上げた。信じられない！　大きく見開いた目には、待合室を出て絨毯《じゅうたん》敷きの廊下を急いでこちらに向かってくる母親の姿が映っていた。

「ママ！」

「あなたを一人にしてはおけないと思ったのよ、ダーリン」母親と娘は抱き合った。「ニールと相談して決めたの。ちょっと気まずい状況でも」母親の顔に悲しげな笑みが浮かぶ。「今日は私があなたと一緒にいるべきだってね。ここに着いたとき、看護師さんからガンブレリ伯爵があなたを連れて出かけたと聞いたんだけど……」母親はものめずらしそうにアンゼリカの少し後ろに立っている男性を見つめた。

アンゼリカの頬に少し色が戻ってきた。ウルフを見つめた彼女は、母親の目になにが映っているのかはっきりわかった。金色の髪の長身の男性だ。オリーブ色の肌はイタリア人の血を受け継いでいることを示し、鑿《のみ》で彫ったような顔立ちは恐ろしいほどハンサム。カジュアルなクリーム色のシャツと色あせたデニムに包まれた体は、ゆったりとして力強かった。

そしてもう一つはっきりわかっていたのは、昨日家族を訪ねたとき、自分がウルフの存在についてはまったく口を閉ざしていたことだった。

でも、それもしかたないじゃない？　スティーブンが親友のガンブレリ伯爵に彼女の保護者役を頼んだなどと、どうしたら言えるだろう？　そんなことを言えば、家族はうるさく彼について尋ねたに決まっている。

ウルフは目を細めて、アンゼリカの母親を見つめた。彼女が二十七年前、スティーブンの愛人だった女性か。

二十歳以上の年の差があるにもかかわらず、母親と娘はよく似ていた。どちらも真夜中のような漆黒の髪をしていて、信じられないほど美しい。母親のほうは髪が肩までしかなかった。瞳は同じミスティグレー。ぴったりしたTシャツと色あせたデニムに包まれた体はほっそりしていたけれど、その曲線は誘っているように魅力的だった。

なるほど、これならば一年前にスティーブンがアンゼリカを自分の娘と確信したのも当然だろう。

「ミセス・ハーパー」ウルフは前に進み出て、手を差し出した。「ウルフ・ガンブレリです。スティーブンとは親しくしていましてね。今日はエンジェルについていてくれと彼から頼まれたんです」

「ガンブレリ伯爵、今日ここにいてくださって本当にありがとうございます。言葉につくせないほど感謝しております」

アンゼリカはここで母親を見た驚きからまだ立ち直っていなかったが、振り返った母親の顔に好奇心が浮かんでいないことにはそれほど驚かなかった。

ウルフについてアンゼリカが言えることなど、ひと目彼を見ればすぐわかるからだ。たまらなく魅力的な外見も、裕福な成功者だけが手に入れられるそこはかとない自信も。

それでもなお、アンゼリカはなんらかの説明が必要なように感じた。「ママ、私――」

「ミス・ハーパー？」

その静かな声を聞いてアンゼリカははっと振り返

り、少し離れたところに立っているピーター・ソームズの顔を心配そうに見つめた。

医師が自信に満ちた笑みを浮かべる。その顔を見ただけで、アンゼリカの膝から力が抜けた。スティーブンの手術は成功したのだ。

彼女は無意識のうちに母親の方を向いた。母親と娘は互いの腕の中に崩れ落ち、安堵《あんど》の涙にくれた。ウルフは二人のそばに立ち、彼女たちをただ見つめていた。

僕はやはり間違っていた。アンゼリカの家族がスティーブンをどう思っているかについても、彼女自身の気持ちと同様に誤解していた。

どんどん強まるアンゼリカへの気持ちを押しとどめる唯一の防護壁は、事実上なくなったのだ……。

## 8

「なにをしているの？」力強い腕が自分を抱きあげるのを感じ、アンゼリカは眠そうな声できいた。

この半日で味わったさまざまな感情、そしてスティーブンの手術の結果を待つ間に味わったひどい苦しみのせいで、彼女はすっかり疲れはてていた。

なにをしていたのかさっぱり覚えていないけれど、とにかく午前中をウルフと過ごして一緒に病院に戻ってきた。するとそこに母親の姿を見つけたときは本当に驚いたし、うれしかった。それから外科医のピーター・ソームズがやってきて手術は大成功だったと告げられ、心の底からほっとした。

さらには、少しして病室に戻ったスティーブンと涙ながらに対面した。実父は麻酔のせいでまだ少し朦朧《もうろう》としていたが意識はちゃんとあって、アンゼリカとウルフを安心させるように笑いかけてから薬の作用でふたたび眠りに落ちた。

アンゼリカの母親はウルフがいることに安心して、その後まもなく帰っていった。

しかしスティーブンへの心配がやわらいだあとでは、アンゼリカは母親のようにウルフを信じることができなかった。

たった今だって安心できる気分ではない。スティーブンの病室の椅子で眠りこんでいた自分を、ウルフは抱きあげている。「なにをしているのよ?」アンゼリカはもう一度繰り返した。

病室の照明は暗かったが、彼の顔に浮かんだ険しい表情は見分けることができた。

先ほどウルフから家に戻ったほうがいいと勧められたが、アンゼリカは断固として拒んだ。今夜はずっとスティーブンのそばにいると言い張って、かたくなにベッド脇《わき》の椅子に座っていた。彼女の決然とした表情を見たウルフは自分も残ろうと決めたらしく、向かい側の椅子に腰を下ろした。

おかげでアンゼリカはむっつりと黙りこむ彼の存在を意識して、神経がうずいた。シチリアの伯爵の暗褐色の目が見つめているのは、スティーブンではなく自分だった。

しかし、三十分ほどの間に気がゆるんでしまったのだろう。いや、もっと正確にいえば、すっかり疲れきっていたためについ眠りこんでしまったらしい。

ウルフは部屋を横切りながら、ちらりとアンゼリカを見おろした。「見ればわかるだろう?」

「私にはわからないわ」

「椅子じゃ寝心地が悪いよ。君がどうしても今夜はここにいるつもりのようだから、隣の部屋が使えるように手配しておいたんだ」

たしか隣の病室は中年の女性が使っていたはずだけど、とアンゼリカは思った。しかし魅力的だが押しの強いウルフ・ガンブレリ伯爵にかかれば、その程度の小さな障害は簡単に取り除けるのだろう。

アンゼリカは首をひねり、心配そうにスティーブンを見た。父親はまだ眠っている。その腕には点滴がつけられていて、周囲にはモニター類があった。

「ドアは少し開けたままにしておくよ。そうすればもしスティーブンが目を覚まして君を呼んでも、ちゃんと聞こえるはずだからね。明日少しでもスティーブンの役に立ちたいなら、椅子で居眠りするんじゃなくベッドでぐっすり眠らなくちゃだめだよ」ウルフは言いながら、隣室にアンゼリカを運んでいった。そこには照明はついておらず、わずかに暗闇《くらやみ》を照らしているのはスティーブンの部屋からもれてくるほのかな光だけだった。

アンゼリカがもっと気持ちよく眠れるようにとこの部屋を手配したときには、完璧《かんぺき》に道理にかなっていると思えた。しかし今、彼の腕の中には温かくしなやかなアンゼリカの体がある。うっとりするような彼女の香りをかぐと、体じゅうの感覚が目覚めた。目の前には都合よくベッドもあり、ウルフはもはや自分の道理に自信が持てなかった。

やわらかなベッドの上にアンゼリカを横たえたあとは、とくにそうだった。本当はそのまま手を離すつもりだったのに、ふと気づけば自分もそばに横たわりたくてたまらなくなっていた。

あらがいがたい誘惑だった。アンゼリカはまだ少し焦点の定まらない目で彼を見あげている。かすかに開いたふっくらした唇の誘惑にも、やはり逆らえそうになかった。

ウルフはアンゼリカをぴったり抱き寄せ、ベッドに横たわった。彼女をきつく抱きしめながら、軽くさぐるように唇を重ねる。強引に反応を引き出すのではなく、彼女が自ら応《こた》えてくれることを求めていた。

すっかり気がゆるんでひどく眠かったアンゼリカは、またもやウルフに唇を奪われても抵抗することができなかった。彼の唇がやさしくさまよっていくだけで、体じゅうにぞくぞくするような快感が走る。ウルフがゆっくりと下唇を口ではさんでじらすようにそっと舌先でなぞると、アンゼリカは自分が心の底から彼を求めていることを悟った。

それでも、自分たちが今どこにいるかは忘れていなかった。部屋の外からなにかの音が聞こえてくる。たぶん、看護師が夜勤の仕事をしているのだろう。ウルフの唇が彼女の繊細な顎のラインをたどっているとき、アンゼリカは小さな声で不安を口にした。

「ドアの鍵《かぎ》はかけておいたよ」

「そうなの？　とても……気がきくのね」

ウルフは頭を上げ、アンゼリカを見おろした。

「気をきかせようと思ってしたわけじゃない」

アンゼリカは夢見るようにほほえんだ。「じゃあ、どうしてだったのかあててみましょうか？」

「それよりも実際に見せるほうがいいな」ウルフは両手でアンゼリカの顔を包みこみ、彼女をじっと見つめてからまた頭を下げた。

アンゼリカは腕をウルフの肩にまわし、本能のおもむくままに応えた。彼のうなじのつややかな髪の中で指を組み合わせ、唇を開く。ウルフは喉の奥で低くうめき、キスを深めた。

アンゼリカの全身が燃えあがった。ウルフが唇でクリーム色の喉のくぼみをさがしあてる。彼女の胸の先は硬くなり、太腿の間が熱いもので満ちた。

ウルフが胸のふくらみを手で包みこみ、硬くなった胸の先端にそっと親指をすべらせたとき、アンゼリカは無意識のうちに腰を持ちあげた。唇はゆるゆると彼女の首筋をさまよいつづけ、やわらかなくぼみをさぐりながらクリーム色の肌を下りていき、奪われるのを待ちこがれている胸までたどり着いた。ウルフが胸の先にキスをし、アンゼリカは息をのんだ。薄いTシャツ越しに触れる舌がエロチックな興奮をかきたて、体じゅうに激しい快楽の波が押し寄せる。

胸の先へのキスがさらに深まったときには、口から叫び声がもれた。舌でこすられたり歯をやさしく立てられたりして、アンゼリカはどんどん高みへと追いやられていった。ウルフがわずかに体をずらすと、欲望の証《あかし》が彼女のやわらかな太腿にあたるのが感じられた。

ウルフは一度、二度と体を動かし、自分がどれだけアンゼリカを求めているかを伝えた。それから少しだけ頭を上げて、彼女のTシャツを胸の上までたくしあげた。

「ウルフ?」アンゼリカがうめくように言う。

彼は顔を上げ、目の前の女性を見つめた。セクシーな唇はキスでふくらみ、黒髪は枕《まくら》の上に広がり、ミスティグレーの瞳は興奮でかすんでいる。

つい先ほどあがめるように見つめた胸に手を置いたまま、ウルフはなおもアンゼリカの目をのぞきこんだ。だがやがてゆっくり頭を下げ、もう一方の胸に注意を移した。ミルク色のふくらみをキスで濡《ぬ》らし、軽くじらすように舌を動かしてから、アンゼリカの顔を見つめる。彼女は吐息をもらして降伏し、目を閉じて胸をそらせると無言で懇願した。

ウルフはその懇願に応え、アンゼリカの熱い反応を深く吸い、飲み、味わって、さらなる行為へと進んだ。アンゼリカの胸から離れた手がほっそりした腰をなぞりながら下へ行き、デニムのジッパーを下ろしてシルクの下着に触れる。

やわらかな布地を通して、彼女が熱くうるおっているのが感じられた。手でなぞると、愛撫《あいぶ》に合わせるようにアンゼリカが腰を浮かせた。

彼女と彼の関心が下のほうに集中するにつれ、胸への愛撫は徐々に穏やかになっていった。アンゼリカの不規則な呼吸と震えるようなうめき声を聞いて、喜びを与えるのに成功したのがわかる。ウルフは最後にもう一度胸を愛撫してから、ふたたび上に戻って唇を重ねた。

アンゼリカは唇を開いた。そのせっつくようなキスから、痛いほどの欲望がはっきり伝わってくる。ウルフは羽根のように軽く指を動かし、彼女を慣らした。確信とともに小さな布地の下に指をすべらせてやわらかな縮れ毛に触れると、熱く脈打つ内側をさぐる。

しっとりとうるおってなめらかなふくらみを、ウルフは指で撫《な》でた。入口をまるくなぞると、なめらかさがいっそう増す。彼がもっと触れやすいように、アンゼリカは脚を開いた。

彼女は官能の喜びにひたりきっていた。ウルフの愛撫の一つ一つが新たな快楽を生み出し、指で触れられるたびに本能的に体が動く。ウルフはキスをやめて空いているほうの手を下に伸ばし、アンゼリカのデニムと下着を脱がせた。彼の両手が自分の腰をつかみ、唇が太腿の内側の敏感な場所に触れたとき、アンゼリカは大きく目を見開いた。うるおった入口に舌を感じたときには、息がとまった。

うずくような熱い喜びが全身を包みこみ、アンゼリカは我を忘れて頭を左右に振った。ウルフが両手で彼女のヒップをかかえて持ちあげる。アンゼリカが脚を開いて舌を迎え入れると、なんとも言えない甘美な感覚が体じゅうを走った。もうどうにもならない状況に陥りつつあるのを感じ、彼女はすすり泣くような声をもらした。

アンゼリカが解放に近づいているのに気づき、ウルフは愛撫をゆるめ、手でもう一度彼女に触れた。

指がふくらんだ花弁の間を誘うように動く。とうとう、アンゼリカは切羽つまった叫び声をあげた。

彼女がなにを求めているか、ウルフは十二分に承知していた。体をずらし、自信をもってゆっくりと指を増やす。アンゼリカの体が震えているのを感じながら、ウルフはリズミカルに指を動かした。彼女の中はとても熱く、そういつまでもクライマックスを引き延ばせないのがわかった。

それでもウルフは、アンゼリカをじらしつづけた。彼女のすべてを自分のものにしたかったからだ。なおも指を動かしつづけながら、彼はもう片方の手でふたたびアンゼリカの胸をとらえて、その頂を激しく吸った。指にあたる感触がさらになめらかになり、彼女の喜びが伝わってくる。

アンゼリカがもはや待てないのを確信すると、ウルフはまた体を下に移動させ、舌と指を使って愛撫した。彼女が声をあげてクライマックスに達し、体にぎゅっと力を入れて激しく震える。身も心も解き放たれたひとときは、ずっと続いた。

そのあと、とても長い時間が過ぎたように思えた。朦朧としていた意識がようやくはっきりし、アンゼリカは頬に流れる涙の塩辛さを味わった。悲しみの涙でも後悔の涙でもなく、このうえない歓喜の涙だった。こんな無私の喜びがあるなんて。ウルフは与えるだけで奪わなかった。そして、今もまだ与えつづけている。どうしようもなく震えるアンゼリカを落ち着かせようと、情熱的な手で軽く撫でてくれている。

これがウルフなのかしら、とアンゼリカはいぶかしく思った。次々とつき合う女性を替える浮気者だと、私は何度もこの人を非難したのに。

でも、今ははっきりわかった。これが本当のウルフなら、彼の過去の女性たちが去っていくとき、利用されたと感じることは決してなかっただろう。〝ガンブレリの呪《のろ》い〟に屈して誰かに心を捧《ささ》げるつもりはないにせよ、彼はきっとそれ以外のすべてを相手に与えていたに違いない。無私の心で、惜しみなく。

そう、なによりも無私の心で……。

アンゼリカはウルフの腕の中で少し体を動かした。彼の大きな鼓動が聞こえる。「ウルフ——」

「黙って、エンジェル」ウルフがかすれた声で言う。「でも、あなたのほうは……」

「僕は満足しているよ。エンジェル、今ここで起こったことは、命のお祝いだったんだよ」

たぶんそのとおりなのだろう、とアンゼリカは思った。スティーブンの手術が成功したという安堵《あんど》感からウルフは私を高ぶらせ、クライマックスに導いた。今言ったように、命のお祝いとして。そして私はその気持ちに応え、ウルフの腕の中で自分が真に生きていたことを知った。

ウルフはもぞもぞと体を動かした。「反省や非難で今夜の思い出をだいなしにするのはよそう」

「そんなつもりはなかったわ、ウルフ」非難することなどなにもない。ウルフはただキスをしただけで、無理やり感じさせようとしたわけではない。アンゼリカが自発的に彼を受け入れているとわかるまでは、次の段階に進もうとはしなかった。

彼女にも過去に関係を持った経験はあったけれど、相手はウルフのような男性ではなかった。それに、あれほど強烈な喜びを味わったのは生まれて初めてだった。胸はまだひどく敏感なままだし、とてつもない解放の余波で脚の間もしびれている。

そう、私が非難することなどなにもない。ウルフは私を快感の極みへといざなってくれた。奪うのではなく、与えてくれた。

おまけに自分が私の反応を引き出したとわかっていても、男性特有の独りよがりの優越感にひたっているようすもまったくなかった。

「今夜のことはあるがままに受け入れよう、エンジェル」ずっと黙っているアンゼリカに、ウルフがそう促した。

あるがままに？　でも、今のはいったいなんだったのだろう？

ウルフはたしかにすばらしかった。彼は女性の喜ばせ方を心得ている。けれど、すべてが彼の言う〝命のお祝い〟にすぎなかったのだろうか？　経験豊かなウルフがいつものように、腕に抱いている女性に満足を与えただけのこと？　あるいは、それ以上のものがあったのだろうか？

いいえ、今しがた二人の間にあったのは肉体的な喜びのやりとりにすぎない。そうではないと信じこむなんて愚かよ。

ウルフはスティーブンとよく似た男性で、女性を楽しんでいる。けれどスティーブンとは違い、一人の女性を愛することを約束しない。今までも、これからもだ。もしアンゼリカがすでに与えられた以上のものを彼に期待するなら、単なる自己欺瞞《ぎまん》になるだろう。

いいえ、私は自分をごまかしたりしないわ。今の行為がウルフにとってなにかの意味を持つとか、自分がほかの女性たち以上の存在だと考えるような過ちは決して犯さない。

ウルフは与えたが、奔放に応えることでアンゼリカもまた与え返した。そして、ウルフはそれで満足だと言った。ほかにはなにも必要ない、と。

アンゼリカは体の向きを変え、ウルフの腕の中にすっぽりおさまった。シーツの下で彼に寄り添って、頭を肩にもたせかける。ウルフの鼓動はまだ速く、満足とまではいかなくてもじゅうぶんに興奮したことがわかった。

こんなことがあったあとで、明日の朝どんな顔でウルフに会えばいいのだろうか？　でも、それはそのときに考えればいい。今、アンゼリカはただ彼の腕の中で眠りにつきたかった。

「おやすみなさい、ウルフ」

「おやすみ、エンジェル」

アンゼリカは満足そうにため息をつくと、目を閉じた。

彼女の体がすっかりリラックスし、穏やかな寝息の音が聞こえてきた。アンゼリカは眠ったようだと、ウルフは気づいた。

彼は勢いよく息を吸い、無理やり体から力を抜いた。アンゼリカを軽く抱いて仰向けに横たわり、大きく見開いた目で天井を見つめる。今さっきの自分は完全に正直ではなかった。

アンゼリカを誘い、彼女の反応を感じ、味わったことにはとても満足している。その気になれば一晩じゅうでも愛しつづけられただろうし、あれほど心から身を捧げてくれた彼女に決して飽きないこともわかっていた。

しかし彼がひどく恐れていたのは、まさにアンゼリカのその身の捧げ方だった。

ウルフは多くの女性を知っていた。多すぎて全員は覚えていないほどだ。だが、彼女たちとの関係は純粋に欲望に基づいたものだった。感情的なかかわりを持つ危険は絶対に冒さず、満足する喜びを与え合っただけだった。

ウルフはすでに気づいていた。アンゼリカはそういう女性たちとは違う。

あまりに違うので彼女に触れられ、愛撫されることは避けたし、完全に最後まで進むこともしなかった。アンゼリカが相手では、単なる肉体的な満足だけではじゅうぶんではなかったから……。

彼女との間には、ほかのどの女性との間にもなかったものがある。

そんなものはあってほしくないのに……。

# 9

アンゼリカはゆっくりと目を覚まし、少しまごつきながら日の光に照らされたなじみのない部屋を見まわした。隣の部屋では、ウルフとスティーブンが静かに話している。その低いささやき声を聞き、ようやくここがどこかがわかった。

そして、さらに思い出した。昨夜、私はウルフに激しく愛撫《あいぶ》された。この部屋で。このベッドの上で。

ああ、なんてこと……。

その行為がもたらす影響を、昨夜はひとまず棚上げにしておいた。しかし今はもう朝で、なんとかしなくてはならない。でも、どうやって？

何事もなかったようなふりをすればいいの？　それとも、昨夜の私のふるまいは死の恐怖を味わったあとの反動のようなものだと、ウルフが考えてくれるのを祈る？　スティーブンの手術が成功したとわかって、ほっとした気持ちが極まった結果だと。

でもあんなに親密な行為のあとで、彼がそんなふうに考える？　もしかしたら、私をあざける気持ちがますます強くなったんじゃないかしら？

しかしここに横になったままぐずぐずしていても、答えは出てこない。

アンゼリカは起きあがり、両足を床に下ろした。そして、自分がジーンズも下着もはいていないことに気づいた。その二つがきれいにたたまれてベッド脇《わき》の椅子に置いてあるのを目にして、頬が熱くなった。昨夜はそこになかったのに！

アンゼリカは記憶を振り払うように頭を振り、急いで衣類を身につけた。いつまでも昨夜のことを考えてはいられない。今はスティーブンに会って、本当に快方に向かっていることを確かめたかった。

一分ほどしてスティーブンの病室に入ると、二人の男性は話をやめ、振り返って彼女を見つめた。スティーブンは愛情あふれるうれしそうな顔をしていたが、一方のウルフはまったくの無表情だった。

たとえ昨夜のようなことがあったあとでも、彼がアンゼリカを見て愛情あふれるうれしそうな顔をするわけがないのはよくわかっていた。ウルフの心の中に〝愛〟という感情はないのだから。

それどころか、ウルフはアンゼリカを見ても喜んでいないようだった。ゆっくりと立ちあがった彼の表情は用心深く、よそよそしくて横柄だった。

その刺すようなまなざしからアンゼリカは急いで目をそらし、涙を浮かべた明るい笑顔をスティーブンにだけ向けた。差し出された父親の手を握り、モニター類をよけながらできる限り抱きしめる。

アンゼリカがベッドの端に座ってスティーブンと静かに話を始めると、ウルフは少し後ろに下がった。父親と娘の感動的な再会の場に自分はじゃまのような気がしたし、気まずくもあった。こんなことは生まれて初めてだったが、どうすればいいのかわからない。

昨夜アンゼリカとしたことを思い出すと、とても落ち着いてなどいられない。ましてや、話をするなんて思いもよらなかった。

昨夜は何時間も目を覚ましたまま横たわり、これからどうするかを決めようとしていた。

本能的にわかったのはアンゼリカという誘惑からできるだけ遠くへ、できるだけ急いで離れるべきだということだった。しかしスティーブンとの約束があっては、できなかった。

昨夜、アンゼリカが彼の腕の中にいたときのようすが頭に浮かぶ。彼女は一晩じゅうウルフに身を添わせ、信頼しきったように手を彼の胸にあてていた。

その間ウルフは一睡もできず、なんとかしてこのごたごたから抜け出す方法を見つけようと必死だった。最後に出た結論は、そんな方法はないということだった。

彼女から遠く離れる以外には。

スティーブンとの約束はあっても、ウルフはそうするつもりでいた。現時点でアンゼリカにとってなにより危険なのは、彼自身なのだから。

「エンジェルを家に連れて帰ってくれないか？　そうすれば食事や休息もとれるし……ウルフ？」放心しているウルフに気づき、スティーブンが静かに声をかけた。

「すまない」ウルフは自嘲《じちょう》的な笑みを浮かべ、かぶりを振って明るく答えた。「ぼんやりしていたよ。エンジェルをしばらく家に連れて帰って、なにか食べさせて休ませればいいんだな？」

スティーブンのタウンハウスに帰る。使用人たちを除けば、アンゼリカと二人きりになる場所に……。それはウルフがどうしても避けたいことだった。

「彼に連れて帰ってもらう必要はないわ」ウルフの表情を見たアンゼリカは、いらだたしげに口をはさんだ。「一人で帰れるもの。その気になったらね。今は違うけど」スティーブンが反対するだろうと思い、彼女は断固として言った。ウルフと二人きりになる覚悟はまだできていない。実のところ、その覚悟ができるときがくるのかどうかもよくわからなかった。

昨夜の恋人は――アンゼリカにキスをし、愛撫し、激しく燃えあがらせた男性は、今朝はもう影も形もなかった。ウルフはどこからどう見てもいつもの傲《ごう》慢《まん》なシチリアの伯爵であり、彼女を見つめる目は冷たく横柄で表情もよそよそしく感じられた。

だとしたら、彼のそばにいるのがもっと楽になるはずなのに。だが、実際はそうではなかった。

あのよそよそしさや無関心さを見ていると、昨夜の出来事が信じられなくなる。もちろん、どうすればいいかなどわかるはずもない。

スティーブンがアンゼリカの手を握った。「しばらく家に戻ってほしいんだよ、エンジェル。どっちにしても私は昼寝をするつもりだし、君はこの機会を利用してなにか温かいものを食べたほうがいい。

それからせめてシャワーを浴びて、着替えなさい」

アンゼリカはからかうように父親を見た。「それ、私が汚らしいって控えめに言っているの？」

「家に帰って休めと控えめに言っているんだよ」スティーブンはほほえんだ。「ゆうべはずっとここにいて、君もウルフもあまり眠れなかっただろう？」

アンゼリカは頬に血がのぼるのを感じ、ウルフを見ることさえできなかった。昨夜彼が眠ったかどうかはわからないが、あの厳しい表情からするとたぶん寝つけなかったのだろう。彼女自身はウルフと過ごしたあと、長時間ぐっすり眠った。実際あんなによく眠ったのは、とても久しぶりのような気がする。

「スティーブンの言うとおりだ、エンジェル」ウルフが冷静に言った。「君が疲れと空腹で倒れたら、誰のためにもならないよ」

私が昨夜たっぷり休んだことを、彼は誰よりもよく知っているくせに！

「そうしてくれ、エンジェル。私のために」スティーブンはかたくなに譲らない。

「わかったわ」二人の男性の断固とした表情をちらりと見やって、アンゼリカは折れた。「でも、本当にウルフにはついてきてもらわなくて大丈夫よ」

ウルフが口元をゆがめた。「僕もシャワーを浴びて、着替えたいんだ。ゆうべはこの服で眠ったからね」そう言いながら、しわくちゃのシャツとデニムを見おろす。

アンゼリカの頬はさらに熱くなった。自分のデニムがしわになっていないのはわかっている。昨夜眠るときにははいていなかったのだから。「じゃあ、家に帰って、なにか食べて、シャワーを浴びて、着替えるわ。でもそれがすんだら、すぐに戻ってくるわね。本当に眠らなくても大丈夫だから」

「頑固な子だ」娘の心からのキスを頬に受け、スティーブンがいとおしげにつぶやく。「ここにいてくれてありがとう、ダーリン。君がいるとわかっていたからこそ、私は戻ってこられたんだよ」

そのことはアンゼリカにもわかっていた。そして、もう一つわかっていることがあった。いつか私は、昨日母親もここに来ていたと父親に話すだろう。母親が娘だけでなくスティーブンのことも心配し、わざわざロンドンまでやってきたと。母親が手術の成功を確認するまで病院にいたのを、スティーブンには知っておいてほしい。先のことは誰にもわからないけれど、いつかスティーブンと母親とニールが友人になる日だってくるかもしれない。不思議なことは今までにもいくつも起こっている。たとえば、ウルフと私がもっと親密な仲になったこととか。

そのことは考えまいとしながら、アンゼリカはウルフに腕を取られてスティーブンの病室を出た。二人は無言で廊下を進み、出口に向かった。

数分間、アンゼリカはウルフの力強い足取りに必死についていったが、やがて意を決したように息を吸った。私が昨夜のことを頭から締め出していても、ウルフのほうは無理らしい。「ウルフ――」

「今はだめだ、エンジェル」ウルフはアンゼリカの方を見もせずに厳しく言った。

彼女はため息をついた。「言いたいのは一つだけよ。ゆうべのことは忘れるのがいちばんだと思うの」

忘れる？　ウルフは心の中で繰り返した。

どうしたら忘れられるだろう？　こんなふうに彼

女の腕に触れて指先にすべすべした肌を感じただけでも、頭の中がエロチックな記憶でいっぱいになってしまうというのに。

「そうしよう」断固として前を向いたまま、ウルフは言った。ここでアンゼリカを見れば、きっと身の破滅を招くに違いない。今の時点で彼がなにより望んでいたのはアンゼリカをベッドに連れ戻し、すでに始めたものを最後まで終わらせることだったのだから。満たされなかったウルフの体は欲望にうずいていた。

アンゼリカが鋭い視線をウルフに向けた。「それで平気なの？」

ウルフはそっけなくうなずいた。「平気だよ」

指の下でアンゼリカの腕がふいにこわばった。傷ついたのか、怒ったのか。しかしどちらなのか、ウルフは知ろうとは思わなかった。

どうしたわけか、ウルフはとっくにこの女性のとりこになっていた。こんな形で女性に惹《ひ》かれるのは初めてだった。いつも心にまとっている鎧《よろい》を突き破られてしまったのだ。ウルフはそのことが気に食わなかった。

アンゼリカと出会ってから、わずか数日しかたっていない。しかもその期間のほとんどは、いきなりスティーブンの人生に現れた彼女を信じられないでいた。

しかし昨日、スティーブンの手術が成功して心から安堵《あんど》しているアンゼリカの姿を見て、彼女の父親への気持ちは間違いなく本物だとわかった。ウルフの疑念はまったく根拠のないものだったのだ。

おかげでウルフは今、自分がアンゼリカをどう思っているのかさっぱりわからなくなっていた。

そして心の一部――自分が大事で、〝ガンブレリの呪《のろ》い〟にかかりたくないと望んでいる部分では、答えを知りたくないとも思っていた。

あと数日、長くても一週間もすれば、スティーブンは退院するだろう。そうすれば、僕もなにか理由を作って去っていくことができる。だが、その一週間はなかなか過ぎてくれそうになかった。

一時間後、アンゼリカはシャワーを浴びたあと、寝室で鏡に映る自分の体を見つめていた。彼女はここで首をかしげつつ、昨日家を出たときとなにか変わっているかどうかを見極めていた。

あれからたった二十四時間なのに。

しかしそのたった二十四時間のうちに、たしかになにかが変わった。昨夜ほどの快感の極みに達したのは初めてだったし、ウルフが当然のようにした行為は今まで誰にも許したことのないものだった。

アンゼリカは鏡の中の自分の体をじっと見つめた。形のいい胸、平らなおなか、ゆるやかな曲線を描く腰、太腿の間……。

変わっていないわ、と彼女は最終判断を下した。胸の先の薔薇《ばら》色が少し濃くなったことを除けば、昨夜のウルフの愛撫の影響はどこにもない。

でも、感覚は違っている。胸は重いし、その先端は充血して敏感になっている。太腿の間がひどくうずいているのも、やはり不安だった。

そのときノックの音が聞こえ、アンゼリカははっと振り返った。「ちょっと待って」少しいらだたしげに言って、ローブを取りに行く。しかし途中まで進んだところではたと足をとめ、目を大きく見開いた。開いたドアの向こうにウルフがいる。

ドア口で立ちどまったウルフは、息がまったくできなくなった。

昨夜アンゼリカの甘美な体に触れたときにはあたりは薄暗く、その類《たぐい》まれなすばらしさを伝えてくれるのは手と唇の感触だけだった。しかし今彼女は目の前に一糸まとわぬ姿で立っており、ウルフはとうとう彼女の真の美しさを見ることができた。

言葉を失うほどの美貌《びぼう》だ。

黒髪はからまり合って、ほっそりした肩にかかっていた。引きしまった胸はつんと上を向いて、薔薇色の胸の先端が誘うように突き出ている。腰からヒップにかけてはゆるやかにうねり、その下には形のいい脚がすらりと伸びていた。

そこでウルフははっとした。ごちそうを前にした飢えた男のように、成熟した誘惑的な体を見つめている自分に気づいたのだ。

「どうぞと言われたと思ったんだが……」

アンゼリカは口元をゆがめた。「言うわけないわ」そう言って疲れたようにため息をつき、ベッドの上のグレーのローブに手を伸ばす。「でも、こういう姿を見るのは初めてじゃないわよね」ローブに袖《そで》を通し、わずかに震える指でひもをきっちり結ぶと、アンゼリカは挑むようにウルフを見つめた。「それで、なんのご用かしら?」

ウルフは部屋に入り、ドアを閉めた。そうするのがいいことかどうかはよくわからなかったが、スティーブンの使用人たちに二人の会話を聞かれる危険を冒すのはいやだった。

エンジェルが手を伸ばしてローブの襟からもつれた髪を払うと、なめらかな生地が胸の上でぴんと張り、硬くなった胸の先端がくっきりと浮かびあがった。ウルフは口の中がからからになった。

こんなことはばかげている、と彼は自分に言い聞かせた。裸の女性ならこの三十六年間にいくらでも見てきたし、その中の相当数とは関係も持った。しかし、女性の裸体を見ただけで欲望を抱いた経験は一度もなかった。

ウルフの放心した表情を見たアンゼリカは、彼をこんなふうに部屋に入れたことに少なからず気まずさを覚えた。だが、うぶな女学生のような反応は決してするまいと決心した。裸体を見られてどれだけ動揺しているか、悟られてはならないからだ。そのことを考えると金めあての女だと思われているのは、むしろ好都合かもしれない。

「僕がここに来たのは、君に謝らなければならないと思ったからなんだ」

アンゼリカの頬は熱くなった。「ゆうべのことは忘れようって決めたはずだけど」

「僕が言っているのは、君のスティーブンへの気持ちについてだ。ゆうべのことじゃない」ウルフがいらだたしげに口をはさむ。「手術が成功したと聞いて君が心からほっとしていたのを見て、気づいたんだよ。僕は……判断を誤っていたのかもしれない」

それじゃ、ウルフはもう私をお金めあての女だとは思っていないの？

「かもしれない？」アンゼリカは冷ややかに言った。

ウルフは顎をこわばらせ、体の両脇で拳《こぶし》を作った。「君のスティーブンへの気持ちについて、僕は判断を誤っていたよ」

アンゼリカはあざけるように首をかしげた。「たしかにそのとおりだわ」あれだけの非難を浴びせられたあとでは、彼がばつの悪い思いをしているのを見てもまったく同情する気にはなれなかった。

「君のご家族についてもだ」ウルフは気まずそうにつけ加えた。「昨日病院に来た君の母上は、本当に気をもんでおられた。あれは君のことだけを心配していたわけじゃない」

なんてことなの。彼は罪悪感に苦しんでいるの？

先週末、アンゼリカはウルフに警告した。真実を知ったらあなたはきっと恥じ入るだろう、と。そのときがくるのは予想より少し遅かったけれどとりあえずやってきたし、勘違いを認めなければならなくなったウルフは明らかに狼狽《ろうばい》している。

もちろん自分の間違いを認めるなど、彼はたまらなくいやに違いない。

アンゼリカはベッドの端に座って脚を組み、期待をこめた目でウルフを見つめた。ローブの裾《すそ》がはだけ、長い脚があらわになる。

ウルフは意志の力を振り絞って、そこに目をやらないようにした。ローブの下の体のことも考えないようにして、ただ彼女の顔だけを見つめる。

「それで？」アンゼリカが言った。

ウルフは自嘲的にかぶりを振った。「君は僕に出ていってほしいんだろうが――」

「私は謝ってほしいのよ！　間違いを認めることと謝ることとは違うわ。そうでしょう？」

彼女は本気で心のこもった謝罪を求めている、とウルフは思った。もっともではあるが苛酷《かこく》な要求だ。しかし、しかたないだろう。昨夜自分でも認めたことだが、アンゼリカにあらぬ疑いを抱いたせいで僕はずっと不当に彼女につらくあたってきた。今になって思い出すと身の縮む思いがする。きちんとした謝罪はたしかに必要だ。

ウルフは息を吸った。「先週末は失礼なことを言って申し訳なかった。君に関してはスティーブンが正しくて、僕が間違っていたよ」そう言っても、まだ彼女は期待するような目でこちらを見ている。

「ほかになにか言ってほしいことは？」

アンゼリカは謎《なぞ》めいた笑みを浮かべた。「ないわ。私はただ……この瞬間を楽しんでいたの」

小さな悪魔は僕が苦しんでいるのを見て楽しみ、おおっぴらに笑っている！

ウルフは顎をこわばらせ、アンゼリカを抱き寄せて唇を奪いたい衝動と必死に闘った。

昨夜はずっと眠れずに、この女性と完全に結ばれるところを想像していた。だからこそ、彼にはよくわかっていた。今ここで指一本でも彼女に触れれば、自制心など粉々に砕け散ってしまうだろう。

そんなことは決してあってはならない！

ウルフは気持ちを落ち着けた。「じゃあ、僕は出ていくから着替えをすませるといい」

「どうもありがとう」

「コックがブランチを用意してくれたみたいだよ」

「それ、私が頼んだの」アンゼリカが軽く言った。

ほかに言うべきことはない、とウルフは思った。謝罪をするという目的は果たしたが、さっさと寝室を出ていかなければ。しかし意に反して、彼の足はまったく動こうとしなかった。

「まだほかになにかあるの？」出ていこうとしないウルフを見て、アンゼリカは用心深くきいた。

「ない！　ないよ。ほかにはなにもない」

だったら、なぜ出ていかないのかしら？

「ゆうべのことを気にしているなら、大丈夫よ。スティーブンに話すつもりはないわ」そう請け合ったものの、昨夜この男性にどんなふうに体を与えたかを思い出すだけで、アンゼリカは頬が燃えるように熱くなった。

ウルフは小鼻をふくらませ、唇をきつく結んだ。頬と顎はこわばり、暗褐色の目には決意の光が宿っている。「あんなことは二度と起こらない。約束するよ」

アンゼリカは眉をひそめた。彼女のほうは、そんな約束ができるかどうか自信がなかった。

今でさえ、アンゼリカはウルフをしっかりと意識していた。白いポロシャツと黒いズボンに包まれたたくましい体のラインを、シャワーのあとでわずかに濡《ぬ》れたつややかな金髪を、そして昨夜あんなに親密に自分に触れたやさしい両手を……。

でもこの人はウルフ・ガンブレリで、並はずれた女たらしなのよ。たしかに私は彼の腕の中でのぼりつめたけれど……それは彼が、なにをどうすれば私がのぼりつめるか正確に心得ていたからだわ。女性の体のことなら、本人以上によく知っている人だもの。

アンゼリカは背筋をぴんと伸ばし、辛辣《しんらつ》に答えた。

「そう聞いてうれしいわ」

ウルフが眉を上げる。「本当に?」

「ええ」アンゼリカはきっぱりと言った。「差し支えなかったら、私はできるだけ早く病院に戻りたいんだけど」

「もちろんだ。じゃあ、階下《した》で会おう」

部屋を出ていくウルフを見送りながら、アンゼリカは身にしみて感じていた。彼からの謝罪はむなしい勝利でしかなかった、と。

あの最後の言葉は、ウルフがもう二度と彼女に触れるつもりがないことをはっきり告げていた。

そして今、アンゼリカはとまどっていた。そんな約束をされてほっとしたのかがっかりしたのか、自分でもよくわからなかったから……。

## 10

手術後の一週間で、スティーブンは奇跡的と思えるほどめきめきと回復していった。

だからといって、アンゼリカがウルフと一緒に過ごさなければならない時間がすぐになくなったわけではなかった。スティーブンがそばにいるときには二人はきわめて礼儀正しくふるまい、病院への行き帰りの車で二人きりになるときはずっと無言で通した。夜になると、ウルフはスティーブンの書斎にこもった。たぶん、自分の事業やスティーブンの事業に関する書類仕事をこなしているのだろう。

それでもウルフは約束だけはきちんと守り、アンゼリカの保護者役を務めていた。スティーブンの手術の翌日、病院の外に記者連中が現れて立ち入った質問をしてきた。彼らをうまくかわせたのは、間違いなく彼のおかげだった。

とはいえ、その翌日の新聞でスティーブンとではなくウルフと結びつけられた自分の名前を見て、アンゼリカは少し恥ずかしくなった。世間的には、私はウルフの最新のガールフレンドということになったらしい。

しかしウルフはその誤解を気にしていないようだったし、スティーブンにいたっては新聞の写真や憶測記事を見てとてもおもしろがっていた。だから、アンゼリカもこの件について騒ぎたてるのはやめようと心に決めた。

スティーブンが退院する前日の夜、ディナーテーブルの向かいに座るウルフをちらりと見やって、アンゼリカは思った。結局のところ、ガンブレリ伯爵はあと数日で私の人生から永久に出ていってしまう。そうすれば、あんな噂《うわさ》はすぐに一掃されるはずだわ。

どちらにしても、そろそろ私とスティーブンがどういう関係にあるのか、真実を明らかにしてもいいころだろう。

とりあえず今日はすでに病院に行ってきたので、あとはこの夕食さえ乗り切れば、明日にはスティーブンをタウンハウスに連れて戻れる。

「この一週間、あなたのおかげで助かったわ。本当にありがとう、ウルフ」

彼女は僕をお払い箱にしようとしている。そう気づいたウルフは、耐えがたいいらだちを覚えた。

しかし、おかしな話だった。この一週間彼はできる限りの手をつくして、彼女と二人きりになるのを避けてきたのだから。あの夜のようなことは二度と繰り返してはならない。アンゼリカに惹《ひ》かれる気持ちは、彼が大事にしているすべてを――すなわち、

〝ガンブレリの呪《のろ》い〟に決して屈するまいという決意をおびやかすものだった。

だがアンゼリカのほうも同じようにウルフを避けていたと思うと、彼は少し悔しかった。

ウルフはうぬぼれ屋ではない。少なくとも自分ではそう思ったことはなかった。ところがこの一週間のアンゼリカの断固としたよそよそしさを目のあたりにして、すでにぼろぼろだった自尊心がさらにすり切れてしまった。

とても冷静なアンゼリカとは対照的に、ウルフのほうは彼女の言うことなすことすべてを絶えず意識していたのだから。

それは今も同じだった。

今夜のアンゼリカは夢のように美しく見えた。暗めのグレーのドレスはおぼろげな色の瞳にぴったり合っているし、シンプルなデザインのおかげで胸のふくよかさがいっそう際立って見える。両腕はあらわになっていて、膝丈のスカートの下からは素足が伸びていた。つややかな黒髪は肩から背中に流れ、化粧はごく薄く、ふっくらした誘惑的な唇にはピーチ色のグロスがぬられているだけだった。

二人がこんなふうに一緒に食事をするのは、つねにないことだった。これまでウルフはなにかと理由をつけては、夕食を書斎に運んでもらうようにしていた。ところが今夜に限って、彼は口実をひねり出すことができなかった。退院を目前に控えたスティーブンが、自分の書類には自分が目を通すと言いだしたからだ。

しかしウルフ自身を守るためには、なんとしてでもなにか理由をひねり出すべきだった！

「役に立ててよかったよ」彼はそっけなく答えた。

アンゼリカの目がいたずらっぽく輝く。「そう？」

ウルフはわずかに眉をひそめた。どうやら、この緊張に満ちた同居生活が終わることにほっとしているのは僕だけではないらしい。たぶん、理由は違っているだろうが……。

「もちろんだ」ウルフは短く言った。

アンゼリカはおどけた目で彼を見つめた。「ずいぶん礼儀正しいのね、ウルフ。早く自分の生活に戻りたくてたまらないはずでしょうに」そう、この一週間、ウルフは自分のことは二の次にしてスティーブンとの約束を守ってくれた。ずっとここにとどまり、私を守ってくれた……。

夜に友人や家族に会いに行くことさえ、彼は一度もしなかった。だからスティーブンを訪ねて病院に行っているとき以外、アンゼリカはいつもタウンハウスの中にウルフがいるのを意識していた。たとえ、一緒に過ごしていなかったとしても。

でも、きっと今もどこかで女性がウルフを待っているに違いない。早く自分のベッドに戻ってほしいとじりじりしながら……。

「この一週間は大変だったでしょうね」

「そんなことはない」ウルフは椅子にもたれ、アンゼリカを見つめた。「おかげで、君と一緒に過ごせたしね」

いいことなのかしら、とアンゼリカはいぶかしんだ。彼がそんなふうに考えているとは思えないけど。そのうえこの一週間ウルフはずっとよそよそしく、彼をもっとよく知ろうにも、まるで取りつく島がなかった。

ウルフがスティーブンの仲のよい友人なのは知っているし、家族を大事にしているのも知っている。そしてさらに心をかき乱すことには、彼が女性にとってとてつもなく魅力的なのも知っている。

そう、私にとっても！

認めないわけにはいかなかった。一週間前にはあんなふうに彼の愛撫《あいぶ》に応《こた》えてしまったし、そのことを思うだけでもまだ体が震える。

ちょうど今のように、ウルフが優雅で立派に見えるときにはとくにそうだった。今夜の彼は仕立てのよい黒っぽいスーツと純白のシャツを着ている。喉元には淡いグレーのネクタイが結ばれ、つやつやしたブロンドは波打ちながら広い肩にかかっていた。

でも、私はもっとほかのことも知っているのかもしれない……。

そうであってほしくないけれど。

どうにかして否定したいけれど。

今の私は一週間前よりも、もっと強くウルフに惹かれている！

彼の姿を見ただけで、脈がどくどく音をたてて打つ。そばに行くたびに心臓がはねあがり、神経がうずいて体じゅうが熱くなる。そう考えると、今の私がウルフに抱いている感情は単に惹かれているというレベルのものではないのかもしれない。

まるで使い捨ての剃刀《かみそり》を捨てるような気軽さで、人生から女性を切り捨てている人なのに？　アンゼリカは自分をいましめようとした。

しかし惹かれていようといまいと、アンゼリカはウルフ・ガンブレリの女性遍歴の一人に加わるつもりはなかった。だとしたら彼に対して、これ以上深い気持ちを抱いてはいけない……。

「あら、まあ、かわいそうに」アンゼリカはからかうように言い返した。

「そんなことはない」ウルフは目を細め、アンゼリカの美しい顔を見つめた。わざとおどけた表情をして挑戦的に彼と目を合わせていることから、アンゼリカが胸の内を読ませまいとしているのがわかる。どうしてなのだろう？「エンジェル……どうしたんだ？」ウルフは厳しく言った。テーブルの上に置かれたアンゼリカの手に触れようと手を伸ばすと、彼女はさっと身を引いた。

「なんでもないわ」アンゼリカは顔をそむけ、膝の上のナプキンをいじった。

「なんでも……あるな」ウルフはゆっくりと言い、彼女の青白い顔を見つめた。「エンジェル――」

「お願いだから、その呼び方はやめてくれない？」

ウルフは考えこむようにアンゼリカを見つめた。彼女の目には苦しげな表情が浮かび、頬はほのかに紅潮している。口元はきゅっと結ばれ、顎はこわばり、胸は荒い呼吸とともに激しく上下していた。

ドレスのやわらかな生地が胸の形をくっきりと浮かびあがらせているせいで、胸の先端が硬くなっているのがはっきりわかる……。

ウルフはアンゼリカの上気した頬に視線を戻した。

もしかしたらエンジェルの気持ちは、僕に信じさせたがっているほど冷淡でしっかりしたものではないのではないか？　もしかしたら彼女も僕と同じような感情を持ち、心の内でずっと闘っていたのではないだろうか？

「どうしてだい？」ウルフは静かにきいた。

「理由は前に言ったはずよ！」表情豊かなミスティグレーの瞳に怒りをにじませ、アンゼリカはウルフをにらみつけた。「あなたにそんな権利はないわ」

「悪いが、僕はちょっと意見が違う」ウルフはのんびりした口調で答え、もう一度ゆっくりとアンゼリカのほっそりした体に視線を走らせた。そして豊かな胸をちょっと見つめたあとすばやく目を戻し、一瞬だけ無防備になった彼女の目を見つめた。

そこに浮かんだ表情を見て、ウルフは息をのんだ。エンジェルは僕を性的に意識している。僕が彼女を意識しているのと同じように。そして、僕を激しく求めている。欲望で呼吸が荒くなるほどに。

ウルフは冷たい笑みを浮かべた。「君は僕にエンジェルと呼ぶ権利をくれたと思う。あの夜、僕の腕の中で我を忘れたときに――」

「なんだってあの夜のことなんか持ち出すの？」ア

ンゼリカは立ちあがった。「あのときはスティーブンの手術のあとで、私は神経が高ぶっていたのよ。精神がすっかりまいっていて――」

「そうやって怒ってもそんな態度はうわべだけさ、エンジェル」アンゼリカの感情的すぎる反応を見て、ウルフは自分の結論にますます自信を持った。「本当の気持ちを隠すために、わざと腹をたてているんだ」

アンゼリカの顔がわずかにゆがんだ。「あなたに私の気持ちのなにがわかるのよ？　そもそも感情のことなんか、なにもわからないんじゃないの？　それって、あなたが疫病のように避けているものでしょう？」

「ある種の感情に関してはたしかにそのとおりだ。でも、僕は偽善者ではない。君と違って――」

「なんてずうずうしいの」アンゼリカは両手を脇《わき》で握りしめ、燃えるような目でウルフを見つめた。

「ずうずうしい？　ちょっと待ってくれ……ああ、そうだな」まるで今気づいたかのように、ウルフはゆっくりと言った。「僕は思いきってやってみるよ、エンジェル」彼の声が厳しくなり、暗褐色の目がきらりと光った。「今週、君はずっと僕を疫病患者のように避けてきた。でも本当はその間じゅう、僕を強く求めていたんだ。また僕に触れてほしくて、うずうずしていたんだよ」

アンゼリカは息をのんだ。「そんなの嘘《うそ》よ」

「そうかな？　じゃあ、試してみるかい？」ウルフはナプキンを置き、立ちあがった。

アンゼリカは警戒するようにウルフを見た。呼吸がさらに浅くなる。二人の間には危険な緊張感がみなぎっていた。彼はいったいなにを……。

「いや！」ウルフの目に宿るむき出しの欲望にふいに気づき、アンゼリカは息をのんだ。「絶対にいやよ」きっぱりとそう言って、テーブルから離れかける。「こんなの冗談じゃないわ。あなたなんか欲しくない!」

「小さな偽善者さん」ウルフはさげすむようにささやき、テーブルをまわってアンゼリカに迫った。

ぐずぐずしてはいられない。彼がなにをするつもりなのかわかるまで、アンゼリカはじっとしているつもりはなかった。

アンゼリカは逃げた。

小さなダイニングルームを出て、広い階段を駆けあがり、廊下を抜けて寝室に入る。

そしてドアを閉めようと振り返ったとき、やっと気づいた。ウルフがすぐ後ろを追ってきたことに。今、彼は部屋に入ったところに立っている。きらめく目に宿る意志は、先ほどよりも強いものになっていた。

「こんなのだめよ、ウルフ」アンゼリカは必死に言い、首を振りながらあとずさりを始めた。

ウルフはドアをそっと閉め、ふたたびアンゼリカの方を向いた。「僕はなにもしないよ。この一週間、僕らがずっと望んでいたこと以外はね」そう言って、二人の間の距離をつめる。

アンゼリカは大きく見開いた目でウルフを見つめ、さらに数歩下がった。膝の裏にベッドがあたった次の瞬間バランスを崩し、マットレスに仰向けに倒れこんだ。

「そうだ……」ウルフは満足そうに言い、アンゼリカにおおいかぶさると彼女の顔の両脇に手をつき、じっと下を見おろした。

ウルフの体がすでに興奮しているのに、アンゼリカは気づいた。高まりをぴったり押しつけられると、それに応えて自分の太腿の間があっという間に熱くなる。

「ウルフの言うとおりだわ、と彼女は弱々しく認めた。私はウルフを求めている。この一週間、ずっと彼が欲しかった。欲しくて欲しくてたまらず、今すぐ彼が私を奪ってくれなければ、今すぐ彼を私のものにしなければ、失望で体が砕けてしまいそう……。

アンゼリカは腕をウルフのたくましい肩にまわし、ミスティグレーの目をチョコレート色の目にしっかり合わせて彼を自分の方に引き寄せた。

ウルフはうめき声をもらし、されるがままになった。唇と唇を重ねながら両肘で体を支え、両手でアンゼリカの顔を包みこんで、唇と舌で彼女のやわらかさを存分に味わった。

アンゼリカはとても熱かった。肌は燃えるようだし、胸の先はドレスの下で硬くなっていた。しかし、今はその薄い生地さえもじゃまだった。

ウルフはアンゼリカをかかえたまま回転し、仰向けになった。今度は彼女が上になり、炎のようなキスをする。そのキスを受けつつ、ウルフはドレスの背中のジッパーをゆっくり下ろした。

わざとゆっくりしたのはこの征服の一瞬一瞬を味わい、楽しみたかったからだ。アンゼリカを甘美な快楽のとりこにし、うめかせ、身もだえさせたい。彼自身も同じように快楽に溺《おぼ》れたかった。

アンゼリカの唇は激しくウルフを求め、ドレスから腕を抜く間も彼の唇から離れなかった。二人は舌をからめ合い、静まり返った部屋の中で荒い息を繰り返した。

ウルフの想像とは違い、アンゼリカはドレスの下になにもつけていないわけではなかった。彼は薄手のサテンのキャミソール越しにふくよかな胸を両手で包みこみ、最高にすばらしい感触を堪能《たんのう》した。その胸を撫《な》でていると、親指の腹が無意識のうちに熱く硬い先端をさぐりあてた。

アンゼリカは息をのんでキスをやめると、ウルフの肩をつかんで背中をのけぞらせた。

豊かな胸に喜びを与えながらウルフはじっとアン

ゼリカの顔を見あげていたが、やがて性急にキャミソールを引きおろし、あらわになった胸に飢えたような視線を向けた。それから彼女を引き寄せて、胸に口づけをするのを楽しみはじめた。

胸の先端を味わい、なめ、吸い、さらに深く熱い口にいざなうと、アンゼリカはせつなそうにウルフの名を呼び、脚を開いて彼の熱く硬い体に押しつけた。ウルフは両手をドレスの下に入れてヒップをしっかりかかえると、ゆっくりとリズミカルに動きはじめた。

次から次へと体を揺るがす衝撃と快感に、アンゼリカは息も絶え絶えになった。ウルフは唇と舌で彼女の胸に奉仕し、同時に腰を動かしてシルクの下着越しに彼女を刺激した。アンゼリカの太腿の間が急速にうるおい、脚が彼のために開いていく。彼が欲しい。彼女は思った。今すぐに。

アンゼリカの懇願に応えるかのようにウルフは二人の体を回転させ、横向きになった。唇を重ねて手を彼女の脚の間に進め、シルクの下着の下をそっとさぐった。

ウルフの指がアンゼリカの敏感になった場所をさがしあて、まずはやさしく、やがて激しく愛撫しはじめると、彼女はどうしようもなくとろけていった。触れられるたびに熱が増し、無意識に腰が持ちあがってしまう。どこか深い深いところに解放の波が押し寄せはじめているのを感じ、手のつけられない状況に陥りつつあるのがわかった。

ウルフの舌が深く口に差し入れられたとき、アンゼリカは信じられないほどのクライマックスに達した。彼はなおも指を動かしつづけ、解放はいつまでも終わらないかに思えた。

アンゼリカはあえぎながらぐったりと仰向けに横たわり、感覚の海に洗われていた。その海にはウルフと彼女の二人だけしかいない。ウルフがまた上におおいかぶさってくると、アンゼリカは腕を彼の肩にまわし、自分の方に引き寄せてキスをした。味わっている喜びが甘美なあまり、死んで天国へ行ったような気がした。

その天国では欲望はすぐに再燃する。ウルフは手早く服を脱ぎ捨て、アンゼリカの腕の中に戻った。彼の体はすばらしかった。硬い筋肉はサテンのような肌におおわれ、しなやかで、力強い。ブロンドの髪が乱れているせいで、彼は向こう見ずな海賊のようにも見えた。ウルフはじっとアンゼリカを見おろしてから、やさしく彼女の太腿を開いた。

「まだだめよ」アンゼリカはやさしくささやいた。ウルフはもう二度も彼女をクライマックスに導いてくれたが、彼自身はまだ一度もその魅惑的な次元に達していない。だから……今すぐウルフを迎え入れたい欲求を抑えて、アンゼリカは体を起こして膝立ちになり、彼をベッドに押し倒した。

「今すぐ君が欲しい」ウルフがせつなそうにうめく。

「ちょっと待ってて」アンゼリカはかすれた声でなだめ、羽根みたいに軽いキスでウルフの胸をなぞっていった。長い髪が敏感になった肌をじらすようにくすぐる。おへそのところでいったん動きをとめ、唇と舌でゆっくりと愛撫すると、ウルフは体を緊張させた。

彼女は僕を狂わせようとしている。息を切らせながら、ウルフは思った。背中を弓なりにしてシーツを握りしめていると、アンゼリカの口はさらに探索の旅を続け、熱く脈打つ場所にまでたどり着いた。

ウルフは完全に我を忘れた。アンゼリカの唇が触れ、しっとりと濡《ぬ》れた舌になぞられるのを感じると、まるで天国にいるような気分になった。アンゼリカは感じやすい場所にキスをし、指で軽く愛撫しつつ舌も這《は》わせてウルフを身もだえさせた。

「もうやめてくれ、エンジェル」彼はついに我慢できなくなり、ふいにアンゼリカの手首をつかんだ。

そして彼女を上まで引き戻すと、両手で顔を包みこんで飢えたような目で見あげた。「君と一つになりたい。奥まで深く入りたいんだ」

アンゼリカはふたたびウルフの下に横たわった。ウルフは太腿の間に体をすべりこませ、しっとりとした入口をさぐりあてた。

「さあ、行くよ」ウルフはそう言って、アンゼリカの熱い泉へと体を沈めた。

アンゼリカはウルフのすべてを受け入れた。筋肉がきゅっと締まって体が痙攣《けいれん》したかと思うと、やがて彼のゆっくりしたリズムになじんでいった。

自制心を総動員させ、ウルフはアンゼリカが慣れるまで待った。額に汗を浮かべながら歯を食いしばり、やさしく動きつづける。しかしやがてアンゼリカがあえぎ、かすれた叫び声をあげ、彼の肩をぎゅっとつかんで差し迫ったように動きはじめたので、自制心が吹き飛びそうになった。

ウルフはアンゼリカをなだめた。ペースを落として、彼女の感じやすい場所をさぐる。しっかりとアンゼリカの目を見つめて何度も何度も解放の瀬戸際まで追いやるが、それ以上はなにもせず、彼女の震えがおさまるとまた同じ動きを繰り返す。そのうちアンゼリカの体が小刻みに震えだし、急にこわばった。

数分後、アンゼリカはウルフの腰に両脚をからめ、奥深くまで彼を引き寄せた。彼女はもはや待てないと、ウルフは悟った。そのときがやってきたのだ。

剣を鞘《さや》におさめるようにウルフがいっそう深く体を沈めると、アンゼリカは大きく目を見開いて荒い息をした。数秒後、彼女が二度目のクライマックスに達したことがわかった。筋肉が収縮して解放の純粋な喜びに満たされたアンゼリカを見つめると、ウルフの中に激しく深い満足感がわきあがった。アンゼリカは目を閉じ、頬を紅潮させ、唇をわずかに開いて、満ちたりたようにぐったりとベッドに横たわった。

「僕を見てくれ、エンジェル」彼女の優美な顔を包みこんで、ウルフはやさしく促した。「僕が君を見つめたように、君にも僕を見つめてほしいんだ」

アンゼリカは重いまぶたを持ちあげ、陰りをおびた目でウルフを見あげた。彼の頬は上気し、目は暗い炎が燃えているかのようだ。ウルフは彼女の胸の頂に口づけすると、また体を進めはじめた。アンゼリカは彼の背中や肩を愛撫してうなじの髪をぎゅっとつかみ、原始の喜びに恍惚《こうこつ》となって一緒に動いた。

数分後ウルフがついに降伏し、自らを解き放つのが感じられた。彼は首をのけぞらせて目を閉じ、もはやなにも抑えようとはせずに熱い渦の中にアンゼリカを連れていった。二人はそこで熱い炎に焼かれ、とけて一つになった。

## 11

ウルフは暗闇《くらやみ》の中で目を覚ました。どうやら眠ってしまったらしい。アンゼリカもやはり眠っているらしく、隣で規則正しい寝息をたてている。その音を耳にして、彼は胸がかすかに苦しくなった。

エンジェルのベッド。僕が彼女を追ってきた場所。

ここで僕らは愛し合った。あれほど完全で、あれほど感動的なひとときを体験したのは生まれて初めてだった。あれだけの激しさのあとに、またあれだけのやさしさと激しさを分かち合ったことは今までにない。奪ったかと思えばすぐに与え、二人はどちらも解き放たれた感覚に身をゆだねて、言葉や理屈を超えた喜びをともに見いだした。

ウルフはかたわらで眠る女性をちらりと見やった。アンゼリカは彼の肩に頭をもたせかけ、手を彼の胸の上に伸ばしている。白い枕《まくら》にかかる髪は黒い影のようであり、窓から差しこむ銀色の月明かりに目が慣れても暗くて顔はよくわからない。

いったいこの女性は僕になにをしたのだろう？どうして彼女だけが僕をこんな気持ちにさせるのか？こうしてずっとそばにいたい。目を覚ますのを待って、また愛し合いたい。もう一度狂気の縁までともにのぼりつめたい。

いや、二人はとっくにその境界を越えている。狂気の縁まで？

彼はそのことが恐ろしくてならなかった。

ウルフはわずかに体を動かすと、腕をアンゼリカの体の下からそっと引き抜いてそろそろとベッドの端に寄り、起きあがった。そこで少し両手に顔をうずめていたが、やがて意を決したように立ちあがり、服を着はじめた。

その瞬間、ウルフのぬくもりが自分から離れたのをアンゼリカは感じ取った。重いまぶたを持ちあげ、目が暗がりに慣れるのを待つ。それから静かに向きを変えると、ウルフが部屋の向こうに立っているのが見えた。彼はほとんど服を着おわり、アンゼリカに背を向けてシャツのボタンをとめている。

そのときに声をかけてもよかった。眠そうな声で、誘うように。しかしウルフが振り返ると、その顔が見えてしまった。なんと険しい表情だろう。唇は固く結ばれ、顎はこわばり、目は月光を浴びて冷たく光っている。

やさしく情熱的な恋人の顔ではない。ここから、彼女から逃げ出したい一心の男性の顔だった。

アンゼリカは言葉が喉につかえた。涙がこみあげ、喉は焼けつくように熱い。昨夜の持つ意味が、彼と自分とではまったく違うのがわかったからだ。

アンゼリカは真実に気づいた。今、やっとわかった。彼女はウルフに恋していた。深く、取り返しがつかないほどに。

しかしウルフにとっては、征服した相手がまた一人増えただけのことにすぎなかった。しかもそれがアンゼリカ——彼の生き方をあからさまに軽蔑《けいべつ》した女性であれば、いっそう気分がいいに違いない。

でも、本当にそうなの？

たしかに気分はいいだろう。彼は私を燃えあがらせ、完全に降伏させたのだから。私の以前の態度を考えれば、勝ち誇った気持ちはいよいよ強くなるはずだ。

アンゼリカはウルフを見つめつづけた。もし彼がこちらを見ても、まだ眠っていると思うように薄目でこっそりと眺める。

けれど、ウルフは彼女を見なかった。ただの一度さえも振り返らなかった。

それどころか身をかがめて床からジャケットを拾うと、忍び足でドアに向かい、アンゼリカを起こさないよう気をつけながら静かに部屋を出ていった。

ドアがゆっくりと閉まったとき、アンゼリカはむせび泣きで息ができなくなった。

私はウルフを愛している！

絶対に間違いない。なにをどうしてもごまかせなかった。ウルフを愛しているから彼に自分を与え、彼からも与えられた。もちろんウルフのほうも与え、与えられていた。でも、その理由は異なっていた。

ウルフは私を愛していない。

これから先も決して愛さないだろう。

アンゼリカは寝返りを打ち、寝具の下でみじめに身をまるめると熱い涙が流れるに任せた……。

運転手つきの車で病院にスティーブンを迎えに行く途中、アンゼリカと並んで後部座席に座ったウルフは、伏し目がちにちらりと隣を見やった。

青白い顔をしていたものの、アンゼリカは落ち着いていた。クリーム色のブラウスに黒いスラックスを合わせ、長い髪はうなじのところで一つにまとめて黒いビロードのリボンを結んである。その姿は涼しげで美しかった。

今朝、アンゼリカは朝食の席に姿を見せなかった。したがってウルフが初めて彼女を見たのは、出かける前に階段を下りてきたときだった。

そして今二人の間に流れる沈黙は、切れる寸前の糸のような緊張感をはらんでいた。今度ばかりはさすがのウルフも、次になにをすればいいのかなにを言えばいいのかまったくわからなかった。

ゆうべはありがとう。楽しかったよ。

君は最高だった。

もしかしたら、そのうちまたできるかもしれないね……たとえば千年後とか。

思いつく言葉はどれもこれも、アンゼリカを侮辱するか傷つけるかしそうな気がする。

実際、ウルフはすでに彼女を傷つけていた。昨夜あんなことになったのは自分のせいだ。アンゼリカはたしかにいやだと言った。なのに僕は彼女を説き伏せ、誘惑してその気にさせたのだ。

ああ、この沈黙にはもう耐えられない。

アンゼリカはもう二十六歳だし、彼女がウルフの最初の恋人ではないように、彼も彼女の最初の恋人ではない。だったら、なにが問題なんだ？

問題なんかありはしない、とウルフは思った。二人はどちらも大人だし、アンゼリカが本気でいやがっていたなら、ウルフはいつでもやめただろう。しかし実際のところ、彼女はいやがっていなかった。まったくいやがっていなかったと言ってもいい。

だったら、どうしてこんなに気まずいんだ？

アンゼリカは重苦しい気持ちで思った。病院に着く前にこの張りつめた空気をなんとかしなければ。スティーブンの洞察力はずば抜けている。今みたいな状態で彼に会えば、昨日の夕方の面会のあとで親友と娘の間になにかとてもまずいことがあったと気づかれるに違いない。

　アンゼリカはこわばった唇にそわそわと舌を走らせてから、軽い調子で言った。「今朝はそんなに渋滞がひどくないみたいね」

「ああ」ウルフが短く答える。

「予定より早く着きそうだわ」

「ああ」

「今日はあんまり記者がいないといいんだけど」

「ああ」

「たぶん――」

「いいかげんにしろ、エンジェル。次は天気の話でもするつもりか」ウルフは革張りのシートの上で向きを変え、彼女の方を向いた。「僕らが本当に話し合うべきなのは、ゆうべの――」

「いいえ、違うわ」アンゼリカはきっぱりと言い、同時に運転手の方に意味ありげな視線を走らせた。運転手はわきまえた人間かもしれないが、耳が聞こえないわけではない。

　ウルフの暗褐色の目に一瞬怒りがひらめいた。だがやがて彼は前に身を乗り出して、運転手になにかをささやいた。

　ガラスの仕切りがゆっくりと上がって運転席と後部座席を隔てたのを見て、アンゼリカはごくりと唾《つば》をのみこんだ。こんなことは望んでいなかったのに。

「そんなふうにしなくてもよかったのに。運転手に聞かれて困るような話はないもの」

「僕のほうで言いたいことがあるかもしれないよ」

　アンゼリカは唇を結んだ。彼がああしてこっそり夜中にベッドを出ていったことからして、言いたいことは彼女が聞きたくない話に違いない。

アンゼリカはウルフの方を向き、わざと明るい笑みを浮かべた。「愛し合った次の朝に、分析を楽しむのがいつもの習慣なの?」過去にただ一人しか恋人がいなかった彼女は、そんなことをする気などさらさらなかった。大学時代の不慣れで不器用な関係は、一夜限りで終わっていた。「十点満点で何点かを聞きたいんでしょう?」経験の乏しい彼女でさえ、ウルフが満点以上だったのはわかっていた。「それともこの機会を利用して、ああいうことはもう二度としないと宣言したいのかしら?」

ウルフは鋭く息を吸った。「二度としないよ」

アンゼリカはあざけるような笑い声をあげた。

「たしか、前にもそう言ったわよね」

今度こそ本気だ、とウルフは思った。昨夜のような出来事がまたあれば、もはや正気を保っていられない。僕は自由を失ってしまう!

ウルフは唇を引き結んだ。「ゆうべのようなことを二度としないのは、僕が午後に出ていくからだよ」

夜中の二時に自分の寝室に戻ったとき、彼はそう決心した。全然眠れないのでしかたなく部屋を歩きまわり、アンゼリカについてのなまめかしい記憶を無理やり頭から締め出して、冷静かつ客観的に計画を立てたのだ。

スティーブンはすでに危険な状態を脱し、今日の昼前には帰宅する。だったら僕が〝一週間留守にしたので、仕事がたまっている〟と言えば、理解して快く送り出してくれるに違いない。

そしてアンゼリカは、去っていく僕を見て大喜びするだろう。

「ずいぶん急な話じゃない?」アンゼリカの心の中で、さまざまな思いが駆けめぐった。

ウルフが出ていく?

今日の午後に? あとほんの数時間で?

だからもう二度と会うことはない、今後スティーブンを訪ねるときには、君とかち合わないよう気をつけるからとつけ加えてもらう必要はなかった。唇をきつく結んだよそよそしく厳しいウルフの表情が、すべてを物語っていた。

ウルフともう二度と会えない……。

「そうでもないさ。スティーブンとの約束は果たしたし、そろそろ自分の生活に戻る時期だと思うよ」

このロンドンか、ほかの大都市かはわからないが、どこかで彼を待っている女性がいるのだろう。ウルフは彼女のところへ戻るのだ。

果たすべき義務はもう果たしたのだから……。

アンゼリカは唾をのみこんで泣きださないようにしたが、胸につかえた硬いかたまりのせいで息はまだ苦しかった。「きっとそうするのがいちばんね。私たちみんなにとって」

「ああ」ウルフが短く答えた。「ゆうべのことが原因でもしなにかあったら、知らせてほしいんだが――」

「なにもないわ」アンゼリカはすばやく口をはさんだ。妊娠の可能性をほのめかす彼の口調のあまりの冷たさに、顔がわずかに青ざめた。

ウルフが口を真一文字にした。「もちろん、そうだろう。だったら、もうなにも言うことはない」彼はそっぽを向き、窓から外を見つめた。

アンゼリカは数秒間悲痛な思いでウルフを見つめつづけたが、やがてさっと顔をそむけ、やはり窓から外を見つめた。今はなにも目に映らなかったけれど……。

こんなのひどい。ひどすぎる。ウルフが夜中に寝室を出ていったようすからして、次に顔を合わせたときにとりこになった恋人のようにふるまってくれるとは思っていなかった。しかし、わずか数時間後に別れを告げられるとも思っていなかった。

私はベッドでそんなにひどかったのかしら？　たしかに経験は乏しいし、ウルフがいつも相手にしている女性たちとは比べものにならないだろう。でもあれだけ情熱的だったなら、経験不足は補えたのでは？　もっとも、彼のような男性の関心を引きつづけるにはじゅうぶんではなかったらしいが……。たった数時間とはいえ、これからどうやって彼と接したらいいのだろう？　しかも、スティーブンの鋭い目にさらされなければならないのに。

幸いにも、そのスティーブンのおかげでそれからの数時間はなんとか耐えられた。帰宅して自分の世界の中心に戻ったスティーブンの喜びようは、アンゼリカとウルフの間のぎくしゃくした雰囲気をうめ合わせてあまりあるものだった。

実際、二人の間にコミュニケーションと呼べるものはまったくなかった。車の中で話したのを最後に、二度と口をきかず、スティーブンには話しかけても互いには決して話しかけなかった。

「さてと、どちらが話してくれるのかな？　いったいどんなまずいことがあった？」昼食を終えて昼寝をする前、客間のソファに腰を下ろしたスティーブンが、鋭い目で二人を見つめた。

アンゼリカはさっとウルフを見やり、すぐにまた目をそらした。彼はいやになるほど見慣れた超然とした表情をしていたが、安心はできない。「まずいこと？」スティーブンの背中の後ろのクッションをふくらませながら、アンゼリカは軽く言った。

「まずいことだ」スティーブンはきっぱりと繰り返し、うわ目づかいでたしなめるように娘を見つめたあと、窓の前に立つウルフの方へ視線を向けた。

ウルフはまさにシチリアの神そのものだ、とアンゼリカは悲痛な思いで認めた。背後の窓から差しこむ陽光を浴びて金色に輝く髪。広い肩。淡いレモン色のポロシャツに包まれた体にはたくましい筋肉がつき、ローライズのジーンズが引きしまった長い脚を際立たせている。しかも彼女はそうした文明の装飾をすべて取り去ったウルフを知っていたから、なおさら始末が悪かった。

アンゼリカは首を振った。「なんのことだか、さっぱり――」

「アンゼリカの……口数が少なくて、僕の……気がそぞろなのは」ウルフは慎重に言葉を選んで説明した。「アンゼリカは僕の決心を知っているんだ。実は今日の午後、僕は失礼するつもりでいる。あなたにうまく話す方法を考えていたんだが、彼女はそんな僕のようすに気づいていたんだよ」

ウルフが私をアンゼリカと呼んだ……火のついていない暖炉のそばに行きながら、彼女はぼんやりと気づいた。

愛称を使わないでほしいと何度も言われたあとで、ウルフはようやく形式張った以前に戻ろうと決めたらしい。

狩りが終わったから、昨夜アンゼリカが途方もないガンブレリの魅力に屈したから、今はもう絶えず彼女の心を乱す必要がなくなったのだ。

「それがそれほど言いにくいことかね？　なぜそんなふうに思ったんだ、ウルフ？」スティーブンは困惑したようだった。「私は全然かまわないよ。今までいてもらえて助かった。とても感謝しているよ」

アンゼリカが明らかに緊張していたことや、ウルフ自身の態度がよそよそしかった理由としては、かなり説得力に欠ける説明だった。だが単刀直入に問いかけるスティーブンと、答えにつまるアンゼリカを目の前にしてウルフに思いつけるのは、せいぜいこのくらいだった。

午前中は時間が過ぎていくにつれ、ウルフとアンゼリカの間の緊張はどんどん高まり、ついにはどうにも耐えられないものになった。だからこそ、二人ともスティーブンに隠すことができなかったのだろう……。

「役に立てて本当によかった。でも今、僕はチェーザレと一緒にある投機事業を検討している最中でね、そっちに身を入れなければならないんだ」

スティーブンはさぐるようにウルフを見つめた。

「私も仲間に入れそうか？」

本当はチェーザレと一緒に事業をやる予定などないことを考えれば、ちょっとむずかしい。

「現時点では無理だな。でも、情報は流すよ」

「残念だな。まあ、いろいろあるのはわかるが、君が帰るのを見送るのはエンジェルも私もつらいよ」

スティーブンは温かく言った。

ウルフはアンゼリカをちらりと見やった。彼女にとって、僕が帰ることは歯痛が消えるくらいうれしいことに違いない。

彼女の顔にはなんの感情も浮かんでいないし、僕の目をためらいなく見返す目は氷のように冷たい。まさに僕の考えを裏づけるような表情だ。

数時間ぶりにじっくりアンゼリカを見つめたウルフは、もう二度と目を離せそうになかった。彼女が呼吸するたびにクリーム色のブラウスの薄い生地越しにレースのブラジャーが浮かびあがり、頭の中が昨夜の記憶でいっぱいになる。一糸まとわぬ姿の彼女が自分の上にのり、すさまじい快楽の世界へいざなってくれたことしか考えられなくなる。

もう一度彼女が欲しい。今すぐに。

彼女を抱えあげ、ベッドへ運んでいって、二人の体から服を全部はぎ取りたい。彼女の熱くきつい中に押し入り、また喜びを味わいたい。

その思いがあまりに強かったのでウルフは体がかっと燃えあがり、アンゼリカを見つめるのをやめられなくなった。震える両手で拳《こぶし》を作り、顎にも痛いほどぐっと力をこめる。

「それで――」なにか言いかけたスティーブンが、言葉を切って戸口にいる執事の方を向いた。「ホームズ、どうした?」

「ガンブレリご夫妻がお見えです。旦那《だんな》さまにお目にかかりたいとおっしゃっておられますが」

チェーザレが? ウルフはあわてた。チェーザレとロビンがスティーブンに会いに来たのか? なるべく早く逃げ出せるようにと少し前に架空の投機事業の話をでっちあげたときには、まさかこんなことになるとは夢にも思っていなかった。

なにも知らないチェーザレがとまどったように一度でも眉を上げれば、あんな嘘《うそ》はすぐにばれてしまうのに……。

# 12

アンゼリカは新聞に載ったチェーザレ・ガンブレリの写真を見たことがあったので、彼がどんな容姿をしているかは知っていた。背が高く、浅黒い肌と黒髪の持ち主で、暗褐色の目はウルフと同じ。しかし、二人の男性の顔も体つきもこんなによく似ているとは思ってもみなかった。

チェーザレが慣れた手つきで抱いている一歳くらいの男の子も、やはり同じように浅黒い肌をしている。ガンブレリ家の三人の男性が似ていることは、誰の目にも明らかだろう。

チェーザレのそばには、赤ん坊を抱いた女性がいた。彼女がロビン・ガンブレリに違いない。長身でとても美しく、ハニーブロンドの髪と魅惑的な菫《すみれ》色の目をしている。体はほっそりしていて、ほんの一週間ばかり前に子供を産んだとは信じられないほどだった。スティーブンに挨拶《あいさつ》をしようと、彼女はやさしげな笑みを浮かべて部屋の中へ入ってきた。彼女のおかげで、それでなくても息をのむほどの美しさがいっそう輝いて見えた。

「ウルフ」チェーザレはいとこに声をかけ、握手をした。「君の名づけ子が抱いてほしがっているぞ」小さな男の子がウルフの方に両腕を伸ばしているのを見てやさしくそうつけ加えてから、いぶかしげに眉を上げた。「君が今日ここにいるとは思わなかったんだが？」

並んで立っていると、ウルフとチェーザレはますますそっくりなのがわかった。二人とも身長は百八十センチをゆうに超えているし、貴族的な容貌《ようぼう》が怖いくらいに魅力的だ。

「チェーザレ、ロビン」スティーブンがアンゼリカの方に手を伸ばし、隣に来るよう合図した。そして彼女の手を娘を取り、誇らしげに告げた。「私の娘を紹介させてくれ。アンゼリカだ」

アンゼリカとスティーブンは病院で二人きりになった夜、いろいろな話をした。アンゼリカの母親が手術の日に病院に来たこと、スティーブンが退院したら二人の関係を隠すのはやめて、真実を明らかにすることなどなどを。

しかし、まさかその最初の相手がウルフのいとこ夫妻になるなんて！

「お目にかかれて光栄です、ミス・フォックスウッド」驚きから最初に立ち直ったのはチェーザレ・ガンブレリだった。彼はアンゼリカの空いているほうの手を取り、温かな笑みを浮かべながら少しだけ身をかがめてキスをした。

「ハーパーです」アンゼリカは愛想よく言った。

「でも、アンゼリカって呼んでください」

「アンゼリカ」ロビン・ガンブレリも夫と同じように温かい挨拶をした。「こんなふうにいきなり押しかけてごめんなさいね。スティーブンの入院中ずっとお見舞いに行きたかったんだけど、病院には子供たちを連れていけないものだから。それにマルコを置いてスティーブンおじさんに会いに行くなんて、この子が絶対に許してくれなかったのよ」

スティーブンおじさん……アンゼリカはふと悲しくなった。

スティーブンの手術の件が世間に知れたあと、病院に見舞いに来た人の数にアンゼリカは驚いた。父親を心配する人間がそんなにおおぜいいるとは思っていなかったからだ。そして今、また新たなことがわかった。チェーザレとロビンの子供は父をスティーブンおじさんと呼んでいるらしい……。

この一年間、アンゼリカはスティーブンの友人に会うのを拒み、彼が自分を娘として認知するのも許さなかった。そのせいで父親の社交生活がどれだけ制限されていたのか、彼女は初めて気づいた。娘と一緒に過ごすとき、スティーブンはいつも意図的に他人を遠ざけていた。ウルフさえ、その中の一人にすぎなかった。

スティーブンが自分のためにそれだけの犠牲を払ってくれたのを知り、アンゼリカの父親への愛情はさらに強くなった。

「見てのとおり、私はすっかり元気になったよ。元気すぎるくらいにね」スティーブンは明るい口調で言い、誇らしげな笑みをアンゼリカに向けた。

みんなが笑っている、とアンゼリカは思った。

ウルフ以外は……。

今、彼は名づけ子であるかわいい男の子を腕に抱いているが、表情は相変わらず険しいままだ。

ウルフはマルコにやさしく話しかけていたものの、

本当の関心はアンゼリカといとこ夫婦の会話に向いていた。

スティーブンに娘がいると知ってチェーザレとロビンは明らかに驚いていたが、最初の衝撃がおさまるといつもの自信と優雅さを取り戻した。

一週間ほど前、ウルフがアンゼリカの本当の素性を知ったときとは大違いだ。

いっそのこと、アンゼリカが本当にスティーブンの愛人だったほうがまだよかった！

ウルフの視線の先で、アンゼリカはロビンとその腕に抱かれている赤ん坊の方を向いた。

「見せてもらえる？」アンゼリカはやさしく言い、ロビンがうなずくと赤ん坊をくるんだ薄いショールをそろそろと開いた。「なんてかわいいの」どうやら彼女は、血色のいいすべすべした顔の赤ん坊にすっかり魅了されたようだ。チェーザレ夫妻の小さな娘は薔薇《ばら》の蕾《つぼみ》のような完璧《かんぺき》な口をしていて、小さな鼻もかわいらしい。頭は金色の髪でうっすらとおおわれ、まつげも同じ色をしていた。

アンゼリカの赤ん坊への反応を見て、ウルフは心の中でうめいた。女性とはたいてい赤ん坊に心を奪われるものらしい。たとえ自分の子でなくてもだ。

「抱いてもいい？」アンゼリカが言った。

「もちろんよ」ロビンはあっさり承知し、待ち構えているアンゼリカの腕に赤ん坊を渡した。

ウルフはまたしてもうめいた。アンゼリカから目が離せない。腕に赤ん坊を抱く姿が、なんとさまになっていることか……。

「なにか言ったか、ウルフ？」チェーザレがまたもや隣にやってきて、からかうようにささやいた。ウルフが氷のような視線を送ると、彼はお返しに眉を片方上げてみせた。

「いや、言っていない」ウルフはそっぽを向いた。

「すまない。なにか言った気がしたものだから」チエーザレはますますからかい口調になった。

「なにを考えているかはわかっているぞ、チェーザレ」ウルフはいとこにしか聞こえないように、声をひそめた。

「そうなのか？」

「そうだ。そして、それは間違っている。完全に間違っているぞ」

「そうか？　でも、アンゼリカはとてもきれいだ。おまえはきれいだと思わないのか？」だが、チェーザレの視線はアンゼリカではなく妻に注がれていた。

「とてもきれいだよ」ウルフはしぶしぶ認めた。

「それで？」

「それだけだ」

「それだけ？」チェーザレは向きを変え、黒い眉を上げた。「だったら、気の毒だな」

「どういう意味だ？」

「今のおまえはまるでおまえらしくない」

ウルフは唇を固く結んだ。チェーザレは僕をからかって楽しんでいる！

「その件は忘れよう。いいな？　それと誰かにきかれたら、僕らは一緒にビジネスの取り引きをまとめようとしているところだと言ってくれ」

チェーザレはさらに眉を上げた。「僕らが一緒にだと？」

「ああ」

「誰がそんなことをきくんだ？」

「いいから、とにかくそうしてくれ！」

「君がそう言うなら」チェーザレは承諾した。「さてと、そろそろご婦人方のところへ行こうかな」

残されたウルフはただその場に立ちつくし、ロビンとアンゼリカに近づいていくチェーザレを見つめているしかなかった。たぶんチェーザレは、僕とエンジェルの間に起こったことに気づいている。そう思うと、やりきれなかった。

アンゼリカはウルフとチェーザレの会話をまったく気にしていなかった。二人の男性は部屋の向こうの暖炉のそばに立っていたし、彼女の関心は腕の中のかわいい赤ん坊にばかり向いていたからだ。

じっと見られているのに気づいたかのように、小さな女の子はまつげを上げた。焦点が定まらない大きな目で、アンゼリカを見つめる。赤ん坊の瞳の色はとても濃い青で、たぶんいずれは母親と同じ独特な菫色になるだろうと思われた。

「退屈させてしまったみたいね」赤ん坊があくびをしてまた眠りにつくのを見て、アンゼリカはやさしく言った。小さな星のような手の片方が、ショールから飛び出している。

「そんなことないわ」ロビンは静かに笑い、赤ん坊の小さな手に触れた。「あなたはチェーザレじゃないもの。カルラ・ステファニーは生まれてまだ十日だけど、父親の心をとりこにして思いのままに操る方法をもう知っているのよ」

カルラ・ステファニー。カルラはウルフの本名カルロから、ステファニーはスティーブンからとったのだろうか? アンゼリカは思った。ロビンとチェーザレがこの二人の男性とどれだけ親しいかを考えれば、たぶんあたっていると思う。

「大げさだな、ロビン」二人のそばにやってきたチェーザレが、ゆったりした口調で言った。父親の声を聞いたとたん、赤ん坊がぱっと目を開ける。チェーザレの表情がやわらぎ、娘がかわいくてしかたないと言わんばかりの甘い父親の顔になった。

「ほらね、わかったでしょう」ロビンが言う。

たしかにわかった。そして三人で話しているうちに、アンゼリカはもう一つ悟った。チェーザレ・ガンブレリは娘にめろめろかもしれないが、妻のことも絶対的に崇拝している。少なくともチェーザレは、ロビンを深く愛するようになったことを一族の呪《のろ》いだとは考えていない。

そこがウルフとは違う。ウルフははっきりと意思表示をした。誰にも、とりわけアンゼリカには恋をするつもりはないと。

十分後、チェーザレが言った。「ロビン、そろそろ失礼しよう。スティーブンに休んでもらわなくては。今週中にまたうかがいますよ」スティーブンにそう約束して身をかがめ、赤ん坊を抱き取った。

「あとでうちに寄ってくれるよな、ウルフ?」

その言葉を聞いて、アンゼリカは確信した。ウルフはここから逃げ出すために、いとことのビジネス話をでっちあげたのではない。先ほど彼がその件を持ち出して、だから帰らなければならないと言ったときにはきっと出まかせだと思ったのに。

でも、どうしてウルフが帰る理由をでっちあげる必要があるだろう? 彼はすでに義務を果たした。スティーブンに対しても、私に対しても。そうでしょう?

「じゃあ、私は少し休むとするか。かまわないかな?」チェーザレ夫妻が子供たちを連れて帰ると、スティーブンは疲れたように言った。「私が起きたころには君はもういないのか、ウルフ?」

「たぶん」ウルフがぶっきらぼうに答える。

〝たぶん〟ではなく〝確実に〟だろう、とアンゼリカは思った。午前中の態度を見れば、ウルフがもはや彼女と二人きりで過ごしたがっていないことがよくわかる。スティーブンがウルフにふたたび礼を言っている間、アンゼリカは二人から少し離れた。

スティーブンを寝室に落ち着かせたあとでアンゼリカが客間に戻ってくると、ウルフは暖炉のそばに立っていた。その表情はどこまでも超然としている。

チェーザレとロビン、そして子供たちがいたときの心温まる空気は、今や氷のように冷たくなっていた。陽光はまだ窓から差しこんでいるのに。

アンゼリカは決然と顎を上げた。「部屋に行って荷造りをしたいなら、そうしてちょうだい。私のことは気にせずに……」

まただ。彼女はまた僕を追い払おうとしている。ウルフはいらだった。話すことはなにもない、と彼女ははっきり告げているのだ。

「荷物はそんなにないから」

「でも、早く帰りたくてたまらないんでしょう?」

いや、そんな生やさしいものではない。

チェーザレとロビンの訪問により、ウルフはすでにわかっていたことをあらためて思い出すはめになった。ガンブレリ家の男は恋をすれば、心だけでなく魂まで捧《ささ》げてしまう。

とはいえ、チェーザレは今の生活に心から満足しているように見える。ただ、ロビンと出会う以前とは別人になってしまったというだけだ。

それまでのチェーザレは、ウルフやルークと同じように気楽な独身男だった。三人はよく一緒に街を浮かれ歩き、恋に落ちるという概念そのものを笑い飛ばしていた。

だが、今のチェーザレはこれまで見たことがないほど幸せそうじゃないか。ウルフの頭の中で、彼を裏切るような声がささやいた。

幸せ。たしかに彼はそう見える。

では、自由は? それはない。

だが、自由とはそんなに大事なものなのか?

ああ、もちろんだ! 「そう、僕は早く帰りたい。それからスティーブンの体のことだが、なにか問題があったら必ず連絡を――」

「そんな事態にはならないわ」

ウルフは眉をひそめた。「断言はできないはずだ」

そうかもしれない、とアンゼリカは思った。しかし万一スティーブンの病状に異変があったとしても、ウルフにだけは絶対に連絡しないだろう。そのことは断言できる。

「でも、ピーター・ソームズ先生は合併症はないだろうって自信を持ってらっしゃるみたいよ」きっぱりと言いながら、アンゼリカは心の中で願っていた。どうかウルフが早く消えてくれますように。

私の神経がすっかりまいって、ばかなまねをしでかさないうちに。

なにげないふうを装い、ウルフに冷たくしつづけるのはまさに地獄だった。昨夜はあれだけ激しく体を重ねたのに。そして、私は自分の本当の気持ちを認めたのに。彼を深く愛している、と。

先ほど幼いマルコを抱いていたときのウルフの姿がやけにさまになっていたのも、よくなかった。身内だからかなり似ていて、髪の色が違うという点を除けば、マルコはウルフの息子と言ってもおかしくなかった。


私の黒髪と、ウルフの見事な容姿を受け継いだ息子にも見えた……。

もちろん、そんなことは絶対にありえない。

今朝ちらりと話はしたけれど、実際には昨夜一夜でウルフの子を身ごもるなんてとても期待できないだろう。

期待？　アンゼリカは驚いて、心の中でその言葉を繰り返した。

私が妊娠したというだけでウルフが私の人生の中に無理やり戻るはめになるなんて、まさに最悪の事態じゃないの！

いいえ、決してそんなことにはならない。アンゼリカには自信があった。

だから、これがウルフとの最後の別れになるのは間違いない……。

アンゼリカはごくりと唾《つば》をのみこんだ。「じゃあ、私は失礼するから、あなたは帰る準備をしてちょうだい。

だい」そう言い残して、向きを変える。

しかしドアに向かって二歩も進まないうちに、ウルフがアンゼリカの腕をしっかりつかんで自分の方に向き直らせた。彼の表情は暗かった。口元をきつく結び、顎をこわばらせ、目を細くして彼女をじっと見つめている。

「なに？」アンゼリカはいぶかしげに見あげた。

「こうするのがいちばんいいんだ。君にもわかるだろう？」ウルフは辛辣《しんらつ》に言った。

アンゼリカは目を大きく見開き、首を振った。

「なんの話か、さっぱりわからないんだけど」

「思わせぶりな態度はやめろ、エンジェル」ウルフはいらだたしげに言った。薄いブラウスを通して彼の指の燃えるような熱さが伝わってくるのを、アンゼリカは感じた。「スティーブンが戻ってきたのに、僕がいつまでもここに居座って君との情事を続けるなんて、道義上とてもできやしない――」

「よくもそんなことが言えたわね！　放して、ウルフ！」アンゼリカはかっとなり、彼の腕を振りほどこうともがいた。

情事！　彼は昨夜のことを情事と呼んだ！

これまでに結んできた関係とまったく変わらない一夜の情事。過去の女性たちを相手にしたときと同じだと。でも、ウルフにとっての私はその程度のものじゃないの？　ううん、もしかしたら今回はもう少しだけ複雑かもしれない。私はたまたま、彼の親友の娘なのだから。でもその点を除けば、ほかの女性たちとなにも変わらないんだわ。

「放してって言ったでしょ！」アンゼリカは激しい口調で繰り返し、それでもウルフが放す気配を見せないと彼の指に爪を立てた。

肉に爪が食いこみ、痛みを感じてウルフは力をゆるめた。手に血が流れだす。「僕は君を傷つけた――」

「違うわ！　私があなたを傷つけたのよ」アンゼリカは無表情に言い、ウルフの手から流れる血を見つめた。「なにかあてておいたほうがいいと思うわ。跡が残るのはいやだもの」

ウルフはしばらく言葉もなくアンゼリカを見つめ、やがて静かに言った。「僕が君を傷つけたんだ」

アンゼリカはまばたきもせずに、じっと彼を見返した。「あなたが私を傷つけるには、私があなたを好きじゃないといけないわ、ウルフ」彼女の口調は冷たかった。「でも本当のところは、あなたはセックスの相手として最高というだけよ」

ウルフは鋭く息を吸った。「君にとって、僕はそういう存在だったのか？　セックスの相手として最高なだけか？」鋼のように冷徹な声で繰り返す。

「当然だわ」エンジェルは淡々と言った。

これこそ僕の聞きたかった言葉ではないのか？　良心の呵責《かしゃく》なしでここを離れるために、こんなふうに言ってほしかったのではないのか？

しかしそうあってほしいと望むことと、実際に冷たく断言されることとはまったく別だった。

ウルフは百八十センチを超える長身をすっくと伸ばし、どこからどう見てもシチリアの伯爵そのものといったようすで改まったお辞儀をした。「スティーブンが順調に回復するよう願っているよ」

「ありがとう」アンゼリカも丁寧に答えた。

「じゃあ、これでお別れだな」

「お別れ……そうね」

ウルフが振り返ることなく出ていったのを見て、アンゼリカはほっとした。もし彼が振り返ったら、このうえない屈辱を感じただろう。アンゼリカは熱い涙をとめどなく流しながら、ウルフを見送った。

愛する男性は彼女の人生から去っていった。

永久に。

# 13

「ものを投げたいのならその明朝時代の花瓶じゃなく、もう少し安いものを選んでくれないかな？」スティーブンがからかうように言った。

アンゼリカははっとして手元を見つめた。自分が花瓶をつかんでいたことに、今の今まで気づいてさえいなかった。

明朝時代の花瓶をそっと台座に戻し、スティーブンの方に向き直る。父親は窓辺のソファに横たわり、沈みゆく太陽の最後のぬくもりを楽しんでいた。夕食は少し前に終わり、二人は客間に戻っていた。

「ちょっと見ていただけよ」アンゼリカは軽く言い、体の後ろで両手を固く組み合わせた。

ウルフは午後のうちにタウンハウスを去った。いつだったかはわからない。わかっているのは、数時間前スティーブンと夕食をとろうと部屋から下りてきたとき、彼はもういなかったということだけだ。

夕食は軽いものだった。サーモンとサラダと取れたてのポテト。しかしその軽い食事すら、アンゼリカは食べられなかった。食欲がすっかりうせてしまっていたからだ。それどころか、午後からずっと胸がむかむかしておさまらなかった。

しかし、病気でないのはわかっていた。原因はウルフに去られた心の痛みだ。

「どうして私がものを投げたがっていると思ったの？」

スティーブンは顔をしかめた。「たぶん、前と同じ理由だろうな。君は部屋を歩きまわっている間に女羊飼いの磁器人形、ガラスのペーパーウエイト、ペーパーナイフを手に取った。そして、今度はその明朝時代の花瓶だ」

　そんなことをしたのだろうか？　もしそうだとしても、全然気がつかなかった。

「実のところ」スティーブンはおどけた調子で続けた。「ペーパーナイフを手にしたときには、ちょっとひやっとしたぞ。話してみなさい、エンジェル。あれの重さを手の中で確かめていたとき、誰の背中を刺そうと考えていたんだね？」

　アンゼリカは目をぱちぱちさせた。スティーブンが言うようなことをした覚えはやはり全然ない。

「君が間違いを犯していないことを私は心から願っているよ、エンジェル。つまり、私の友人に関して早合点をしていないといいんだが……」

「なんの話かさっぱりわからないわ」アンゼリカは言ったが、同時に頬が熱くなるのも感じていた。

　スティーブンが言っているのは、もちろんウルフのことだろう。今のところ、アンゼリカがちゃんと知っているスティーブンの友人は彼だけなのだから。

「そうかね？」スティーブンは穏やかに答え、ソファの自分の隣をぽんとたたいた。「こっちへ来て少し座りなさい、エンジェル」

　アンゼリカはしぶしぶ父親の方に歩いていったが、心の中ではこの会話はしたくない、ウルフについては話したくないと思っていた。

　彼のことを考えずにいられないだけでも、じゅうぶん最悪だというのに。

「それでいい」娘が隣に腰を下ろすと、スティーブンは満足そうにうなずいた。「さて――」

「ウルフの話はしたくないわ！」アンゼリカは思わず口走ってしまった。

　スティーブンが眉を上げる。「ウルフと言った覚えはないが……」

　アンゼリカはごくりと唾《つば》をのみ、ふいにこみあげてきた涙をまばたきでこらえた。「でも、ウルフのことでしょう。わかっているわ」

スティーブンは娘の手を取った。「ダーリン、手術の日の夜、私は麻酔と鎮痛剤のせいで少し朦朧《もうろう》としていたが、耳が聞こえなかったわけじゃない」

アンゼリカの頬は火のように熱くなった。あの夜、ウルフと過ごしたときのことが脳裏によみがえる。彼女はウルフの腕に抱かれ、彼が与えてくれる喜びにうめき、叫び声をあげた。

「そんな」すべてを思い出したアンゼリカは、スティーブンの顔を見ることさえできなかった。

「それに私は目が見えないわけでも、神経がないわけでもない。この一週間、君とウルフはお互いやけに礼儀正しかったし、一緒にいるときはいつもとても控えめにしていた。今日はそれさえも変わった。つまりゆうべ、なにかあったんだろうな……いや、なにかは知りたくないよ。私には関係ないからね」しかしそのぶっきらぼうな口調からして、本心はまったく逆なのがうかがえた。「君はもう大人だし、もちろんウルフも大人だ。私がなにを言いたいかと言うとだ、エンジェル」スティーブンの口調がやわらかくなった。「ウルフを私だと考えるのは間違いだということだよ」

「私はそんな――」

「ウルフを私と同じように考えてはいけない。私がグレイスと結婚したのは、愛していたからだ。彼女も私を愛してくれたよ。しかし何度か流産をしたあと、グレイスは体の関係を持ちたがらなくなった。私はパイプカットをしようかと言ったが、そのころすでにグレイスは妊娠ではなく、夜の生活そのものを怖がるようになっていたんだ」スティーブンは重々しい口調で言った。「もちろん、その気になれば離婚することもできた。でもたとえ体の関係がなくなっても、私たちの結婚生活がはた目にはどのように見えたとしても、私とグレイスは愛し合っていたんだ。私は今でも妻を愛しているよ」

アンゼリカはまた唾をのみこんだ。スティーブンとグレイスの関係はあまり理解できなかったが、自分がとやかく言う立場にないのはわかっている。彼女だって、ウルフに恋をしたのだ。

「結局、私は浮気をするようになった。君のお母さんが最初の相手だったと思う。もしキャスリーンが妊娠のことを話してくれていたら、状況は変わったかもしれない。もしかしたら私は――」

「やめて」アンゼリカは父親の手を握った。「母とニールはとても幸せに暮らしているわ。私には双子の妹もいるのよ。もし母が妊娠のことを話していたら、妹たちは生まれてこなかったわ」

「ああ。それにもし妊娠を打ち明けられたとしても、私はやはりグレイスを愛しつづけただろうな」

「でも、その話がウルフとなんの関係があるの?まだわからないわ」


スティーブンはやさしい笑みを浮かべた。「関係があるのは、君がウルフを愛しているからだよ」

「違うわ」

「いや、そうだ」スティーブンは自信たっぷりに続ける。「そして、ウルフも君を愛している」

「それは絶対にないわ。だって、ウルフは変な考えを持っているのよ。ガンブレリ家の男性は呪《のろ》われていて、恋に落ちると――」

「チェーザレが呪われているように見えたかい?」

スティーブンが含み笑いをした。

「いいえ、全然。でも、納得させなきゃいけない相手は私じゃないと思うわ。なんにしても私たち、どうしてこんな話をしているのかしら?」アンゼリカはそわそわと立ちあがった。「あなただって、まさか私をウルフのような男性とつき合わせたいわけじゃないでしょう」

「言っただろう。私の過去三十年の行動を基準にして、ウルフを判断してはいけないと」

「その彼自身の行動が――」

「だめだよ、エンジェル。それもいけない。ウルフは結婚していない。好きなように行動する自由があったんだ。でもいったん生涯の恋人にめぐり合えば、きっとすべてが変わる」

「ウルフはめぐり合いたがっていないわ」アンゼリカはにべもなく言った。

「エンジェル、私が君とウルフを引き合わせたのはどうしてだと思う?」

アンゼリカはさっと振り返り、スティーブンを見つめた。「冗談でしょう?」スティーブンがすべてを計画したはずはない。ウルフと私が恋に落ちるのを望んでいたはずはない。まさか、そんな……。

「いや、大まじめだよ。私はウルフを息子のように思っている。高潔で尊敬できる人間だということも知っている。私の大事な娘を信頼して託せる男は、この地球上に彼をおいてほかにいないよ」

「でも、どうしてそんなふうに思えるの?」アンゼリカは息をのんだ。「あの人はしょっちゅう女性を替えるのよ。靴下を替えるのと同じくらいの頻度で!」

「あるいは、シルクのシーツを替えるのと同じくらいの頻度でかい? 新聞で読んだことを全部うのみにしてはいけないよ、エンジェル」

前にウルフも同じことを言っていた……。

「ウルフの人生に女性がいたことは確かだ」スティーブンが続ける。「しかし、低俗な新聞が書きたてるほどの数はいない。それに、どうして女性がいてはいけないんだね? ウルフは三十六で、私と違って独身だ。だが、結婚する気があるようなふりをして女性に気を持たせたことなど一度もないよ」

「そうかもしれないけど――」

「だからといって、これからも結婚しないというわ

「私が母親でウルフが父親なら、それは無理ね」アンゼリカはきっぱりと言い返した。

「まあ、見ているといい。それはそうと、そろそろ眠る時間だな」スティーブンはアンゼリカの手を借りて立ちあがった。「よくお休みと言っても、むずかしいかな?」

そのとおりだった。それでなくてもアンゼリカは、もうこの家にウルフはいないという悲痛な思いにさいなまれ、今夜は眠ろうとする気さえなかった。さらに今しがたのスティーブンとの会話のせいで考えることがたくさんできてしまい、とりあえずベッドに入ろうと思うだけの余裕もなくなってしまった。

夜中の一時、自分がなにをしているのかわからないまま、ウルフはスティーブンのタウンハウスの前に立ってドアベルを鳴らしていた。

とはいえ、今日は一日じゅう自分がなにをしていけじゃない」

「でもウルフはここを出ていく機会をつかんだと思ったら、すぐに出ていってしまったのよ。私を愛していない証拠じゃない?」

スティーブンは首を横に振った。「ウルフは怖がっているんだよ。自分の心を捧《ささ》げなければならないと思って、怖《お》じ気《け》づいているんだ。男はたいていそんなものさ。彼に時間をやりなさい、エンジェル。離れたところでしばらく考えさせてやるんだ。どうだ、できそうかな?」

「私はそんなふうに思えないわ」父親の計略を知って、アンゼリカはまだ少しあぜんとしていた。「それにこの二週間、あなたが縁結びをしていたことを知っても、ウルフが感謝するとはとても思えないわ。きっと私と同じ反応をするんじゃないかしら」

「別に感謝してもらおうとは思っていない。ただ、膝に抱ける孫が半ダースほど欲しいだけだよ」

るのかわかっていなかったのだから、今さら理解できるはずもなかった。

こんな時間にここに戻ってくるなんて、まったくどうかしている。今日一日、ずっと僕をとらえていた狂気がついに極まったに違いない。

ホームズがまだ起きていて、応対に出てくれればいいんだが。ウルフはただそのことばかりを願った。アンゼリカを起こしたりしたら、僕が面会を求めていることを知ったとたん追い返そうとしかねない。

もっとも、ウルフはただ追い返されるつもりはなかった。アンゼリカが聞きたいかどうかはわからないが、言わなければならないことがある。しかも、どうしても朝までは待てない。

深夜の訪問の言い訳は念入りに練習したウルフだったが、ドアが開いた瞬間すべてが吹き飛んだ。戸口に立っていたのは執事ではなく、アンゼリカ本人だったからだ。あたりを照らす光は玄関の薄暗い照明しかなかった。

アンゼリカは数秒間言葉もなくウルフを見つめてから、やっと口を開いた。「ここでなにをしているの?」

彼女は影をまとった月光のように見えた。肩のまわりにゆったりと流れ落ちる髪も着ているドレスも黒いが、むき出しの腕と脚は淡い光の中でクリーム色に輝いている。

ウルフは深く息を吸った。「時間が遅いのはわかっているんだが――」

「そうかしら?」アンゼリカがつっかかるように言う。

もちろんだとも、とウルフは思った。僕が好きこのんでスティーブンのタウンハウスへやってきたと思うか?

落ち着け、ウルフ。彼は自分をいましめた。ここへ来て彼女に話そうと決めたからには、どうしてもそうせずにいられなかったからには、玄関もまたがないうちにおめおめと引きさがるつもりはない。

「入れてもらえるかな？」

ドアベルが鳴ったとき、アンゼリカは暗い居間に一人で座って考えこんでいた。だから、使用人たちをわずらわせる前に急いで応対に出たのだ。ドアののぞき穴から外を見て、そこにウルフが立っているのを知ったときには息がとまるほど驚いた。

そのショックは今もまだおさまっていない。夜中の一時に、彼はここでなにをしているのだろう？　普通の人なら自宅のベッドでぐっすり眠っているはずの時間なのに。

実際には、アンゼリカ自身も眠ってはいなかった。ウルフのことを考えて心が乱れていたせいだ。

「エンジェル？」ウルフが催促した。

アンゼリカはまばたきをした。「社交上の訪問にしては少し時間が遅すぎるんじゃないの？」

ウルフは唇を結んだ。「はっきりさせておくと、今の僕は全然社交的な気分じゃない！」

たしかに友好的な雰囲気ではない、とアンゼリカは思った。今のウルフを見ると髪は指でかきまわしたように乱れているし、シャツやデニムはしわくちゃで、表情はぞっとするほど険しかった。

「まったく冗談じゃない」ウルフはそうつぶやき、アンゼリカを押しのけて中に入った。

アンゼリカはドアを閉め、鍵《かぎ》をかけた。振り返ると彼が客間に入っていくのが見えたので、ゆっくりとあとを追う。この深夜の訪問がなにを意味しているのかはわからない。しかし、心の奥には小さな希望の光がともっていた……。

「このままにしておいてくれ」アンゼリカに照明をつけないよう厳しく言い、ウルフは窓の前に立って両手を背中にまわした。

アンゼリカは部屋に入り、そっけなく肩をすくめた。「ここでなにをしているの、ウルフ？」

いい質問だ、とウルフは思った。彼がここにいるのは、アンゼリカがここにいるからだった。彼女のいないところにはいたくないからだった。

ウルフは鋭く息を吸った。「妊娠していないというのは、絶対に間違いないんだな？」

アンゼリカは目をぱちぱちさせた。「そんなことをきくために、わざわざ夜中の一時に戻ってきたの？」

いや、もちろん違う。そうきくためだけに、ここに戻ったわけではない。しかし話を始めるには、まずはそこから入るのがよさそうな気がした。

「間違いないんだな？」

「ええ、もちろんよ。でも――」

「妊娠したいか？」

彼女はそわそわと体を動かした。「ウルフ――」

「子供は欲しいかい、エンジェル？　君がスティーブンのところに来るときに、仕事もアパートメントも手放さなかったのは知っている。だから――」

「ウルフ、スティーブンは父親よ。夫じゃないわ」

「だったら、子供は欲しいんだね」

「ええ、当然よ。いつかはね。生涯をともにしたいと思う、愛する人との子供が欲しいわ」エンジェルは困惑した顔をした。「でもそれが――」

「その男性はもう見つかったのかい？」ウルフは口をはさんだ。「今までにきいたことがなかったな」

そして知りたくなかった！「今、君の人生には誰か決まった相手がいるのか、エンジェル？」

アンゼリカは少し呆然《ぼうぜん》とした。なんて奇妙な会話だろう。これまでの人生で交わした会話の中でも最高に奇妙に違いない。しかも、その会話の相手がよりにもよってウルフだなんて……。

こんな質問にどう答えればいいのだろう？　正直な答えは〝今、私の人生にはあなたがいる〟だった。

たぶん、この先もずっとそうだろう。疑いも理屈も関係なく、心から愛している。

スティーブンがベッドに入ったあと徐々に暗さを増していく居間に一人で座り、アンゼリカはその事実を再確認していた。ウルフへの気持ちは一過性のものではない。体の相性がよかったから、のぼせているわけではないのだ。私は彼を深く愛している。もうどうしようもないほどに。そして、これからもずっと愛しつづけるだろう。

「誰かいるんだな」彼女がずっと黙っているので、ウルフは荒っぽく言った。「彼を愛しているのか？」

「ええ。とても愛しているわ」

ウルフは息ができなくなった。まるで心臓にナイフを突きたてられたような気分になる。

彼は不機嫌そうに眉をひそめた。「僕と一夜をともにしたあとで、よくもそんなことが言えるな」

「一夜の半分だけでしょう。あなたは朝になる前にいなくなってしまったもの。そのうえさらに追いうちをかけるように、今日一日ずっと他人みたいにふるまっていたじゃないの」

「問題はそういうことじゃないだろう」ウルフはじれったそうに言い返した。「君が別の男を愛しているなら、なぜ僕と寝た？　僕に抱かれ、あんなふうに体を開くことがどうしてできたんだ？」

アンゼリカはじっとウルフを見つめた。うまく言葉をにごせるのはわかっている。その気になれば、嘘《うそ》だってつけるだろう。プライドにしがみついて、愛しているのはあなただと、あなたと生涯をともにし、あなたの子供が欲しいと告げないまま彼を立ち去らせることもできた。

でも、私は本当にそれを望んでいるのだろうか？

ウルフが夜中の一時にここに戻ってきたのは、妊娠しているかときくためばかりではないだろう。もし今、私がプライドにこだわって正直に答えるのを避けたとしたら、彼がやってきた本当の理由は永久にわからずじまいになるかもしれない……。

アンゼリカは唇を湿らせた。舌の動きを追うウルフの目が飢えたように光ったのを見て、わずかに目を見開く。彼女がまずは下唇を、次に上唇をわざとゆっくりなぞると、ウルフは顎をこわばらせた。

月光に照らされた彼が息をのんだ。ウルフの肩は緊張し、下ろした両手は拳《こぶし》を作り、足は微動だにしていない。

そう、ウルフがここに来たのは、私にばかげた質問をするためではない。彼は私を求めている。どれだけ感情を抑えても、彼の心と体が私を求めているのだ。とても強く。

今夜の出来事は二人のこれからのきっかけになるのではないだろうか？

私が愛しているのはあなただと告白しても、彼が驚いて逃げ出したりしなければいいのだけれど。

いいかげんな態度をとるつもりはなかった。すでに彼を愛しているのに、愛のない体だけの関係を続けられるふりをしようとは思わなかった。

「できなかったわ」そう言って、アンゼリカはウルフの目をひたと見据えた。

ウルフはまばたきをし、顔をしかめた。「でも、現に君は……」

「違うわ」アンゼリカは彼の目を見つめつづけた。「あなたの言うとおりよ、ウルフ。もし私がほかの人を愛していたら、ゆうべあなたとベッドには入れなかったわ。あなたと愛し合い、私を与えるなんてとてもできなかったはずよ」

ウルフはあっけにとられ、数秒間ただアンゼリカを見つめていた。それからようやく彼女の言葉の真意を理解し、激しく胸を打たれた。体じゅうから力が抜け、一瞬言葉が出なくなる。

エンジェルが愛しているのは、生涯をともにしたいと望んでいるのはこの僕なのか?

ウルフは三歩で部屋を横切り、アンゼリカの腕をつかんで彼女をまじまじと見つめた。両腕を細い腰にまわし、頭を下げて唇を重ねる。愛をさがし求めて、やさしくさぐるように。

そして愛は見つかった。アンゼリカは惜しみなくキスに応《こた》えた。わずかに震える手をウルフの胸にあてたあと、肩にまわしてぴったり体を押しつける。彼女の胸はふくらみ、胸の先端は焦がれるようにつんと立っていた。熱い太腿がこわばった彼の体を包みこむ。

ウルフはキスをやめ、アンゼリカの意志の強そうな顎のラインからやわらかな頰、さらにはクリーム色の首筋にそっと唇をさまよわせた。

「愛しているよ、エンジェル」肌に口づけをしたまま、ウルフは熱っぽくささやいた。「苦しいほどに君を愛している。僕と結婚してくれるかい?」

彼の腕の中で、アンゼリカの体がこわばるのが感じられた。彼女はわずかに身を引き、ウルフを見あげた。ミスティグレーの瞳にはとまどいの色が浮かんでいる。

「私を愛していて、私と結婚したいの?」

ウルフはかすかにほほえんだ。「苦しいほどにってところを忘れているよ。今日ここを出たとき、僕はできるだけ君から遠く離れるつもりでいた」

「そうだろうと思っていたわ」

「なるほど」ウルフは顔をしかめてうなずいた。「でも、結局はチェーザレとロビンの家までしか行けなかった。あそこで二時間、あの二人が一緒にいるところを見ているのはひどくつらかったよ。二人が分かち合っている愛からは完全に締め出されていたんだからね。チェーザレとロビンは子供たちを風呂に入れて、ベッドに寝かしつけた。僕はその間じゅう、自分の子供を持って一緒に遊びたいと思っていたんだ。君の子供——僕らの子供が欲しいと。ああ、エンジェル、僕は本当にばかだった。救いようのない愚か者だったよ。誰かを愛しても、君を愛しても、僕の価値が下がるわけじゃない。その気持ちに逆らい、認めるのを拒み、逃げようとすることこそが男の価値を下げるんだ。頼むよ、エンジェル。僕と結婚すると言ってくれ。今まで過ごしてきた愛のない孤独な生活から僕を救ってくれ」

アンゼリカは信じられなかった。よりにもよって、あのウルフ・ガンブレリが私にプロポーズしているなんて！

彼は私を愛していると言っている。私と結婚して、私の子供の父親になりたいと言っている。

アンゼリカはウルフの頬に触れながら、じっと彼の目をのぞきこんだ。心をとろかす暗褐色の目は愛で輝いている。そう、彼女への愛で。

「返事をする前に、話したいことがあるの。あなたも知っておくべきだと思うから。実はさっき、スティーブンから聞いたの。父はこうなることを望んで、計画的に私たちを引き合わせたそうよ」

「だったら、僕は死ぬまで感謝するよ。スティーブンが君をこの世に生み出し、僕に与えてくれたんだからね。さあ、僕と結婚すると言ってくれ、エンジェル。僕の頭がおかしくなる前に！」

「あなたと結婚するわ、ウルフ」アンゼリカは熱い口調で言った。「ええ、ええ、もちろんよ」

ウルフはむさぼるようにエンジェルの唇を奪った。激しいキスに二人は息を切らせ、体を震わせた。やがて、ウルフが身を引いた。「僕はもう帰ったほうがいいな。明日の朝、君のベッドに一緒にいるところをスティーブンに見つかるのが新生活のスタートになるのはよくないと思うんだ」

アンゼリカは声をあげて笑った。とても幸せで、体がはじけそうな気分だった。ウルフは私を愛し、私と結婚したいと願っている。私は今後の人生をずっとこの人と一緒に過ごすのだ。以前は彼を危険なプレイボーイと責めたけれど、今は違う。ここにいるのは呪われたガンブレリ家の男性――生涯変わらない愛を貫く男性だ。

「スティーブンは気にしないと思うわよ。実際さっきの話の感じでは、初孫ができるのは早ければ早いほどいいみたいだったもの」

ウルフはじっとアンゼリカを見つめた。たとえ彼女が子供を身ごもっても、僕はやはり強く求めるだろう。

僕はこの美しい女性を愛すまいとしていた。どんな女性も愛すまいとしていた。そうすることは呪いだと信じこんでいたから。

しかし、それは呪いではなく祝福だった。

そう、二人の互いへの愛はウルフにとって祝福となるだろう。これからの人生で彼はその祝福を求めつづけ、大事に守って生きていくのだ。

ウルフは腕をアンゼリカの体にまわした。「僕は今まで君にふさわしいことをなにもしなかったかもしれない。でも、これだけは知っておいてほしい。この先一生、僕はずっと君を愛しつづけるよ」

そのことならアンゼリカはすでに知っていた。ウルフがずっと〝ガンブレリの呪い〟だと思っていたものは、本当は不変の愛の成就を意味していたに違いない。人生のすべてを導き、築いていく愛――ガンブレリ家の男性がいったんその愛に身を捧《ささ》げれば、ほかのすべてをなげうってでもそれをはぐくみ、守っていくのだ。

そんな愛を、アンゼリカはずっと求めていた。ウルフと一緒なら、一生見失うことはないに違いない。

# 14

「あいつに警告しておくべきかな？」六週間後、自分たちの結婚式の披露宴でゆったりと踊りながら、ウルフはアンゼリカにきいた。

「あいつって？」ウルフの視線を追ったアンゼリカは、やわらかな笑い声をあげた。そこではウルフの弟ルークが、アンゼリカの母親キャスリーンと踊っていた。

年齢は三十四歳で、金色の髪と暗褐色の瞳をしたルークは、恐ろしいほど魅力的なガンブレリ家の男性の一人だった。その証拠に部屋にいる独身女性も既婚女性も、誰一人として彼から目を離せずにいる。

披露宴にはガンブレリ家とハーパー家の人々、そしてスティーブンが集まってくれた。

アンゼリカがずっと胸に抱いていた願いもついに実現した。キャスリーンとその夫ニールとスティーブンが、ついに友人として顔を合わせたのだ。

アンゼリカの人生最良の日だった。

母親とニールと双子の妹は、昨夜スティーブンのタウンハウスに泊まった。おかげで母親とブライズメイドを務めることになっている妹たちに、アンゼリカは今朝ウエディングドレスの着つけを手伝ってもらうことができた。

アンゼリカは実父と継父の両方と腕を組み、花輪で飾られた教会の通路を歩き、二人の父親の手から花婿に引き渡された。祭壇の前で待っていたのはウルフだった。彼女が気が遠くなるほど愛している男性。

二人の互いへの愛は、この六週間でさらに深まっていた。ウルフは恥ずかしげもなく自分の気持ちをおおっぴらにしたし、アンゼリカのほうも彼への愛を隠そうとはしなかった。

「ううん、ルークに警告なんてしなくていいわよ」アンゼリカは夫に答えた。

ウルフはちらりと弟を見やった。幸せな結婚生活を二十一年も続けているキャスリーンでさえ、ルークの魅力にかかっては無反応でいられないらしい。弟の誘惑する魅力はすさまじく、どんな女性も安全とは言えないのだ。

「そうだな、たぶん自分で気づいたほうがいいだろう。ガンブレリの男の本当の運命――愛の喜びと完全な成就についてはね」ウルフは同意し、また妻の方に注意を戻した。

僕の妻！

この美しい女性が自分のものだなんて、今もまだ信じられない。この六週間というもの、ウルフは朝目を覚ますたびに必ず自分をつねり、現実であることを確かめていた。そして今日、とうとうアンゼリカは彼の妻となった。

ウルフは命よりも彼女を愛していた。これほどの幸せを感じたのは生まれて初めてだった。ウルフの幸せのすべては、アンゼリカの愛情深い美しい心の中にあった。

この先一生僕は彼女を愛し、大事にしていこう。

「あなたに結婚の贈り物があるの」アンゼリカが恥ずかしそうに言った。

「でも、君にもらったカフスボタンはもうつけているよ」ウルフは困惑して眉をひそめた。

アンゼリカのほうも、昨夜ウルフが贈ったダイヤモンドのペンダントをつけている。美しいティアドロップ形の宝石は、彼女の胸のふくらみの間にきちんとおさまっていた。

「もう一つ別の贈り物があるのよ」ハスキーな声で言ってから、アンゼリカは背伸びをしてウルフにそっと耳打ちした。

ウルフは妻の腰にまわした腕に力をこめ、目を輝かせて彼女を見つめた。「確かなのか？」

「間違いないわ」アンゼリカはにっこりした。

「僕が……君が……すごいよ、エンジェル。本当に驚いた。息がとまるかと思ったくらいだ！」ウルフはいとおしげに妻を見つめた。「誰かを愛することが、君を愛することが、こんなに完全に心を満たしてくれるなんて夢にも思わなかった。全然知らなかったよ」

そう言って頭を下げ、やさしくキスをする。顔を上げたとき、ウルフの目はふたたび燃えるように輝いていた。

「スティーブンに話さなければ！」ウルフは意気ごんで言うと妻の手を握り、ダンスをする客たちの間をぬってスティーブンとニールが座って話をしている場所に向かった。

アンゼリカはうれしそうに小さく笑った。彼女もまた同じように、絶大な愛を夫に捧《ささ》げていた。その愛の力により、彼女は自分のおなかに息子か娘が宿っているのを知ったのだ。

かつてウルフは言っていた。自分は一ダースの子供の父親になるだろう、と。その最初の一人となる子は、きっとウルフ・ガンブレリの永遠の愛の証《あかし》となるに違いない……。

ハーレクイン®

ハーレクイン・ロマンス　2009年1月刊（R-2355）

伯爵家の呪い

2025年5月5日発行

| | |
|---|---|
| 著　　者 | キャロル・モーティマー |
| 訳　　者 | 水月　遙（みなつき　はるか） |
| 発 行 人 | 鈴木幸辰 |
| 発 行 所 | 株式会社ハーパーコリンズ・ジャパン<br>東京都千代田区大手町 1-5-1<br>電話 04-2951-2000（注文）<br>0570-008091（読者ｻｰﾋﾞｽ係） |
| 印刷・製本 | 中央精版印刷株式会社 |
| 表紙写真 | © Konstantin Iuganov \| Dreamstime.com |




ISBN978-4-596-72805-0 C0297

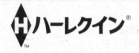

## 5月14日発売 ハーレクイン・シリーズ 5月20日刊

### ハーレクイン・ロマンス
愛の激しさを知る

| | | |
|---|---|---|
| 赤毛の身代わりシンデレラ | リン・グレアム／西江璃子 訳 | R-3969 |
| 乙女が宿した真夏の夜の夢〈大富豪の花嫁にⅡ〉 | ジャッキー・アシェンデン／雪美月志音 訳 | R-3970 |
| 拾われた男装の花嫁《伝説の名作選》 | メイシー・イエーツ／藤村華奈美 訳 | R-3971 |
| 夫を忘れた花嫁《伝説の名作選》 | ケイ・ソープ／深山　咲 訳 | R-3972 |

### ハーレクイン・イマージュ
ピュアな思いに満たされる

| | | |
|---|---|---|
| あの夜の授かりもの | トレイシー・ダグラス／知花　凜 訳 | I-2851 |
| 睡蓮のささやき《至福の名作選》 | ヴァイオレット・ウィンズピア／松本果蓮 訳 | I-2852 |

### ハーレクイン・マスターピース
世界に愛された作家たち
〜永久不滅の銘作コレクション〜

| | | |
|---|---|---|
| 涙色のほほえみ《ベティ・ニールズ・コレクション》 | ベティ・ニールズ／水月　遙 訳 | MP-118 |

### ハーレクイン・プレゼンツ作家シリーズ別冊
魅惑のテーマが光る
極上セレクション

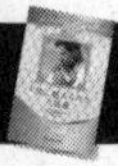

| | | |
|---|---|---|
| 狙われた無垢な薔薇《リン・グレアム・ベスト・セレクション》 | リン・グレアム／朝戸まり 訳 | PB-409 |

### ハーレクイン・スペシャル・アンソロジー
小さな愛のドラマを花束にして…

| | | |
|---|---|---|
| 秘密の天使を抱いて《スター作家傑作選》 | ダイアナ・パーマー 他／琴葉かいら 他 訳 | HPA-70 |

### 文庫サイズ作品のご案内

◆ハーレクイン文庫……………毎月1日刊行
◆ハーレクインSP文庫…………毎月15日刊行
◆mirabooks………………毎月15日刊行

※文庫コーナーでお求めください。